El misterio

de los rubíes

José Lino de la Cruz

ISBN: 9798845806192

Lleno de lágrimas será aquel día
En que resurgirá de sus cenizas
El Hombre culpable para ser juzgado;
Por lo tanto, ¡Oh Dios!, ten misericordia de Él.
Piadoso Señor Jesús,
Concédeles el descanso eterno. Amén.

Réquiem de Mozart

Dedicatoria

A los amigos que han partido de este mundo: al arquitecto Solís, Juan Simbrón García, y Marco Antonio González, quiénes, sin saberlo, contribuyeron en mi formación de una manera que ellos mismos nunca sospecharon; por su nobleza, por su tenacidad, y porque no dejaron de soñar hasta el último aliento de sus vidas.

Para todas las bellas personas que se han cruzado en mi camino a lo largo de mi niñez, durante mi época de estudiante, y también, en las oficinas laborales y en las diversas ocupaciones en las que me he desempeñado, y que han aportado con su alegría, con su respeto y su gran entrega profesional, en mi desarrollo humano.

Nombrarlos a cada uno sería interminable, pero saben que tienen mi aprecio y mi admiración, y en cada palabra impresa en esta obra, existe una fracción de la nobleza en sus corazones.

Y desde luego, para todos aquellos nuevos lectores, para quienes deseo las gracias del Cielo. Espero y sean copartícipes de la gloria y las vicisitudes de los personajes que intervienen en esta novela.

Agradecimientos

A mi esposa y mis hijos, porque en el mutismo y en sus buenas acciones, encuentro la motivación para continuar por la senda de la vida. Y para todos aquellos que se han tomado el tiempo de leer esta obra, y han contribuido con sus emotivos comentarios para su desenlace.

Contenido

Capítulo Primero 11

Capítulo II 19

Capítulo III 27

Capítulo IV 39

Capítulo V 43

Capítulo VI 53

Capítulo VII 79

Capítulo VIII 89

Capítulo IX 97

Capítulo X 107

Epílogo 141

Capítulo Primero

Al llegar a la plazuela del parque, lo envuelve la angustia al sentir la cercanía del lugar al que con frecuencia ha acudido en los últimos días. Ha olvidado los motivos que lo impulsaron por primera ocasión a tan concurrido lugar, aun cuando estos son demasiado evidentes: el desamparo y su avanzada edad como causas principales. Sin hacer conjeturas al respecto, de que sea su suerte el resultado de sus malas acciones de antaño, o acaso víctima indefensa de la adversidad, aceptar la desdicha le ha resultado en extremo doloroso. Pensó en aquella ocasión que la conmiseración no lo desampararía, y asimilaría con nobleza su infausta realidad.

Por su mente, fluyen con anhelo los momentos felices de su infancia cuando en aquellos días que pasaba sobre las ramas de los árboles, y a las cuales, consideraba como brazos de madera, realizaba con destreza lo que su habilidad e imaginación le permitían. ¡Aquellos campos enormes en donde la vista plácida y melancólica en ocasiones, contemplaran sus sueños y su futuro un tanto incierto cuando los días languidecían tímidamente en aquellas tardes de verano!

Un recuerdo poco grato de su infancia y que a su mente llega con mucha nitidez, tal vez por la intensidad y por las circunstancias con que se infiltraron en su vida, lo despierta con asombro de su letargo:

"Eran las épocas de lluvia, cuando las tormentas descargaban su furia sobre las casas que por aquel entonces eran poco numerosas, y que por tal motivo las recuerda en su mayoría. Y no es lo improvisto del recuerdo lo que le ha causado tal asombro, sino, el terror que le provocaba el estruendo de los rayos, sobre todo, por la similitud con una vivencia reciente de su vida, que le ha hecho recordar con tristeza el extraño malestar que lo envolvió por completo cuando yacía sentado a las afueras de la iglesia a la cual no acudía desde hacía mucho tiempo, y sentía la presencia imponente de la puerta cuyas dimensiones no había observado antes desde muy cerca: el de aquel sonido seco, ocasionado por las monedas que la benevolencia de un feligrés, habíale conmovido a depositarlas en aquel utensilio de plástico utilizado para realizar tan innoble labor humana, y que acosado por la timidez y vergüenza, estupefacto, olvidó la actitud que debía mostrar ante tal situación, y se limitó a mirar con gratitud al desconocido que disponía a retirarse con prontitud".

En su aflicción, al percatarse que la subsistencia se le ha tornado en extremo dolorosa, y que aun, cuando ha carecido casi de todo, se alienta al pensar que la costumbre es una dádiva de los seres mortales, y que al final, termina por domesticar a las circunstancias más extremas a las que éstos puedan ser sometido. Pero, ante todo, el corazón lo estremece al entender las reglas del cálculo geométrico que le indican la distancia que lo separa de su ínfimo destino, y se advierte de su entera disposición por intercambiar los pasos que le restan, por un gesto de compasión por cualquier desconocido.

El ocaso anuncia su llegada, las nubes lucen con esplendidez los colores más exóticos que pueden procurarse y sus formas caóticas solo dejan lugar a la imaginación.

Puede observarse con facilidad la disposición que tienen los transeúntes para acudir a la plazuela del parque, el lugar que con el tiempo se ha convertido en el más trascurrido por la mayoría, preferencia por cuyo motivo, una gran variedad de establecimientos conforman el esparcimiento que con frecuencia se observa. Posar la mirada en un punto fijo de la plaza resulta un reto difícil de lograr, y las víctimas principales de la distracción resultan ser los pequeños en quienes, la lucidez ha encontrado un perfecto alojamiento, sobre todo, por la gran variedad de juguetes a los que la imaginación ha dotado de formas fantásticas y el arte los ha vestido de colores infantiles.

Pero para el joven sentado en una de las bancas de la plaza, este es un escenario bastante peculiar. A veces, se le encuentra ensimismado en cualquier hazaña que requiera del arte de la imaginación, en algunas por distracción y en otras, como un medio de enajenamiento ante el incomprensible mundo de lo real. Tal vez, fue ese el motivo por el cual no pudo disimular su asombro cuando, a unos pasos se encontraba frente a él, un individuo que le observaba con curiosidad. Su apariencia develaba a un hombre que lindaba en la ancianidad. Sus cabellos blancos, su tez arrugada y la mirada lacerada por las intransigencias de la vida, así como los harapos que le servían de indumentaria, reflejaban de él, un aspecto muy conmovedor.

Al sentir que las miradas se cruzaron sin rechazo alguno, el anciano hizo un gesto de querer ocupar un lugar, a lo que el joven, a razón de consentimiento, respondió con un acto reflejo deslizándose hacia un costado de la banca. Todo, sin la articulación de palabra alguna por ambos desconocidos.

Como interrumpidos de sus sueños, al despedir el ocaso los últimos rayos de luz, los faros de la plaza manifestaron su presencia, importunando con su llegada, a las delicadas florecillas que, a manera de jardín, adornaban el derredor de la plazuela.

El anciano se veía fatigado y la respiración parecía no socorrerle, no obstante, se esforzaba por recobrar el aliento y la tranquilidad, y al cabo de algunos segundos, se aventuró con indicios de incertidumbre en su semblante.

—Como corresponde a las enseñanzas de la buena educación, permítame presentarme caballero. Mi nombre es Pablo Solís. —Pablo, como el nombre del siervo y fiel apóstol de Jesús: el énfasis en la fidelidad insinuaba con desahogo que todo su estado actual, lo debía a su trasgresión en un pasado ya muy lejano.

Después de sobreponerse a su elocuente presentación, con voz entrecortada, apresuró su discurso:

—Seguramente lo sabrá apreciable caballero, que en breve comenzará la misa de siete. La razón por la que ahí me dirigía, se debe al hecho de poder contar aún, con la benevolencia de los feligreses para que los mendigos como yo, no abandonemos el delgado hilo de la esperanza y podamos ejercer el penoso oficio de la mendicidad.

¿Quién podría no estar de acuerdo en que, en el acto del milagro, lo mismo resulta para el Todopoderoso convertir una piedra que un duro corazón en pan?

Tal parece que la expiación de las culpas, consecuencias todas de las declinaciones humanas, han de ser aliviadas y acogidas por aquellos en quienes el infortunio ha encontrado un perpetuo alojamiento, motivo que transige a los piadosos creyentes a través de la caridad, a que el delgado hilo que los une no se rompa, y todos coexistan bajo algún inefable propósito, sin que llegue a significar que hay una conexión exigente entre unos y otros, pero es algo que ha permanecido incluso, desde antes de las enseñanzas de nuestro señor Jesucristo, quien, asediado por incontables menesterosos, derramaba sobre cada uno, las bienaventuranzas del cielo, con la certidumbre de que aquel inmaculado, conocía las penalidades impuestas sobre el hombre desde el inicio de los tiempos.

El joven pudo notar que el anciano había formulado un discurso bien articulado, y daba por hecho que se encontraba frente a él, un personaje que no era el producto de los vicios o la demencia, o un graduado en la escuela de la mendicidad, sino que, por el contrario, podría tratarse de una víctima indefensa de la desdicha y el escarnio de la desigualdad humana, motivo por el cual, la curiosidad le había despertado un interés mayor por su interlocutor.

—Mi nombre es Octavio Alberto —correspondió el joven—, estudiante de ingeniería y de las normas éticas y sociales. Doblegado por las carencias económicas, pero con la firme esperanza de remediarlas en un futuro no muy lejano. Acudo a la plaza a manera de esparcimiento, y con la finalidad de que las ideas adversas a mi formación, no me corroan entre las cuatro paredes de mi alojamiento. Como verá, mi nombre es la noble esperanza de reconciliar la paz y la ciencia, Octavio, en honor al poeta Octavio Paz y Alberto, al del celebérrimo, Alberto Einstein. Mi padre, sin haber profundizado en la educación superior, sin duda alguna percibía la fantástica ilusión por hacer cumplir a través de mi persona, el juramento hipocrático, por medio del cual, se conceptualiza que la ciencia debe desarrollarse para garantizar la paz y el beneficio de la humanidad —enfatizaba el joven en un tono irónico—. Puede llamarme Octavio: es el nombre que mi santa madre prefiere por razones de religiosidad.

Durante todo ese tiempo, el anciano no había observado con detenimiento el rostro del joven, pero al momento de formularle una pregunta, creyó notar en él, los rasgos fisionómicos del benévolo feligrés de quién recibiera en aquella ocasión, la primera moneda. Hizo un esfuerzo en guardarse para sí su asombro, con la convicción de que tenía a un costado por azares del destino, al bondadoso ciudadano al cual quería sin saber porque, manifestarle su más profundo agradecimiento. Decidido por el momento a permanecer en el anonimato, se refería al joven con una alegría que lo envolvía indescriptiblemente; o por extraño que parezca, las emociones lo sobrepasaban por sí mismas, pues desde hacía tiempo, no había entablado conversación con ningún extraño, y eso, le representaba un acontecimiento que hacía sentirlo más humano. Un encuentro que lejos de considerarlo una casualidad encubría en sí, un misterio.

—En muchas ocasiones he transitado por esta plaza, sin embargo, nunca me he detenido a formar parte de ella, es un privilegio que por las circunstancias me ha sido privado. Sin duda, las cosas se miran diferente desde esta perspectiva —fueron las palabras pronunciadas por el anciano, mientras posaba la mirada en un punto distante, pero con la intención de develar los motivos del porqué, un joven con dicho aspecto permanecía en ella, sin motivo aparente.

—En el fondo, debe haber una razón poderosa que lo ha impulsado muy a pesar suyo, a formar parte de este esparcimiento, porque en mi caso, aunque mi permanencia aquí es voluntaria, mi corazón y mi mente se encuentran por los jardines de la misteriosa Venus, tratando de comprender sus designios y mi suerte.

La transparencia del discurso dejó ver al anciano que la tristeza albergaba en el alma del joven, el cual parecía no estar favorecido con las labores de Cupido, y solo un instante le bastó para deducir la gravedad del asunto. Su aspecto era agradable. Rondaba entre los veintidós años, cabello ondulado y de un color castaño oscuro, frente amplia, nariz mediana y de poco perfil, de cejas escasamente pobladas, ojos de color café claro, mentón cubierto por una ligera barbilla en forma de candado, y de estatura mediana. Su aspecto era el de una persona seria y escrupulosa, sin embargo, su indumentaria reflejaba la carencia económica por la que seguramente atravesaba.

—Su aspecto caballero, me parece al de una persona contrariada por un acontecimiento que consideraba por entero seguro, y que, guiado por sus sentimientos más que por la razón, fundó grandes esperanzas en ser correspondido con la misma intensidad por los frutos del enamoramiento. ¿Acaso mi observación le resulta equivocada? —indagó el anciano, en un tono comprensivo y de acierto.

—En efecto, la joven a la cual me refiero, y que ha terminado por envolverme con los influjos del amor, dominado por los hechizos de su encantadora belleza, ha terminado por herir mi corazón. Ella es una mujer de corazón fuerte y noble, gustosa de los alcatraces, de los poemas de amor y de los perfumes dulces. Su gran propensión al romanticismo, y a la exaltación que le causaban mis inspiradores escritos, fueron motivos reveladores de no ser indiferente a mis pretensiones amorosas. Pero temerosa del porvenir incierto, decidió afianzar su futuro sobre un pretendiente en quien ella vislumbra a través de su fortuna, una relación más prometedora, y aunque no le corresponda con la misma intensidad, se ha rendido ante las interpretaciones teóricas de la supervivencia, y sobre esas garantías, y convencida de poder sobrellevarlo, ha encarado a su destino. El resto, cree poder moldearlo como el alfarero al barro.

—De este acontecimiento he estado meditando en el transcurso de la tarde —prosiguió el joven—, y he llegado a la conclusión de cerrar el capítulo para siempre, pues aún tengo en mi mente la triste imagen que me ha incitado a tal disposición, cuando sin que mi presencia fuera notada, ambos caminaban de la mano por una de las calles que conducen a esta plazuela, y se correspondían con manifestaciones de cariño y de pasión. No obstante, por el gran amor que por ella siento, y en honor a mis defraudados sentimientos, me alejo de ella, llevando una experiencia como la obtenida al cerrar el libro del cual se ha obtenido la mayor de las enseñanzas.

—Pero ahora, hábleme de usted Pablo —interrumpió el joven casi con desdeño—: buscaba con pretensión evitar las condolencias y las opiniones de su interlocutor.

—De todos es sabido que la mendicidad al igual que el alcoholismo no son una virtud, pero considero también que las vicisitudes en la vida puedan encargarse de envolver a esta última, bajo el abrigo de un mísero cascarón, tanto así el escarnio que no me resultaría extraño encontrar bajo su indumentaria a un Nikola Tesla, a un Niels Henrik Abel, a un Vincent van Gogh, o al mismísimo Dostoievski, entre muchos otros que han padecido tal suerte. A juzgar por su elocuencia y no por su apariencia, usted me figura a una persona que ha recibido una educación más allá de la instrucción básica.

El anciano quedó sorprendido por la agudeza del joven, y al sentirse expuesto, no pudo evitar su perturbación, sobre todo, porque al concederle una explicación, iniciaría con un episodio que no había revivido desde hacía mucho tiempo, y en su consternación, se levantó de la banca y tras un momento, abrigado por la intriga, procedió a marcharse. No obstante, con su expresión dejaba tras de sí, el acuerdo de reanudar el asunto en otra ocasión de mayor serenidad.

El joven se mantuvo en su contemplación, tiempo durante el cual, al notar que el infortunado había desviado su rumbo, consideraba que la mendicidad le representaba una gran angustia, y a la cual recurría como un último recurso de la subsistencia, y hacía un sobreesfuerzo por engañar a su voluntad.

El sonido propagaría el último llamado de las campanas de la iglesia y la misa pronto daría inicio. Feligreses y mendigo por esta ocasión no coincidirían, pero tampoco se le echaría de menos.

Capítulo II

Al transcurso de los días, cuando las actividades apremiantes y relacionadas al estudio habían sido desahogadas, Octavio decidió salir a la calle con la intención de encontrarse con el menesteroso extraño. Al llegar por los portales que rodeaban la plazuela del parque, pudo verlo que avanzaba lentamente mientras se dirigía a la iglesia. Apresuró sus pasos y pudo alcanzarlo a tiempo para ayudarlo a cruzar la vía.

—¡Qué tal! ¿Cómo ha estado? —inquirió el joven en tono amigable—. Estoy seguro de que aún se acuerda de mí. Hace algunos días el destino dispuso nuestro encuentro en este lugar, a razón de compartir nuestras desdichas.

—¡Claro joven!, me acuerdo perfectamente. ¡Me da mucho gusto verle de nuevo!

Al volver a la formalidad que lo caracterizaba, el joven prosiguió:

—Me gustaría estimado Pablo, pudiera acompañarme a tomar el té y a degustar un postre en alguno de estos establecimientos. Coincidirá conmigo que el contemplar el ocaso en compañía de buena plática y disfrutar de alguna exquisitez son alicientes para despedir el día con gratitud.

La cafetería que delimitaba el final del corredor de la plaza era el lugar apropiado. El espacio descubierto de su terraza y que ofrecía además un contacto visual con dos estrechas calles, propiciaba una sensación de mayor tranquilidad.

Después de tomar asiento, y de haber pasado por una severa inspección por parte de los empleados del establecimiento, fueron atendidos. Ordenaron cada cual, un té y una rebanada de pastel. Asumieron una postura de entera complicidad en el sentido de que el refrigerio, resultaba una excusa válida para dar continuidad a la plática que días antes había quedado interrumpida. En el entendido, el anciano inició con su historia:

—"Hace un poco más de cincuenta años atrás, me desempeñaba como arquitecto en una constructora con una firma de mucho peso. Para un joven recién egresado y con toda la actitud de escalar a puestos de mayor envergadura, no había retos que no pudiera encarar con toda tenacidad, de tal modo que, en poco tiempo me hice notar y me fueron confiadas actividades importantes. Los primeros años de trabajo me resultaron de mucho provecho y me afiancé de una buena fortuna. La suerte había comenzado a favorecerme y las preocupaciones económicas de antaño quedaron en el olvido.

Poco tiempo después, conocí a una bella y notable mujer con la que dio inicio una relación amorosa que concluyó en un mesurado matrimonio. Ambos descendientes de familias poco numerosas y con amistades más cercanas, realizamos el casamiento en una pequeña capilla del lugar. Al poco tiempo nació nuestra pequeña Sonia. La dicha y la alegría se habían confabulado para llenar nuestro hogar con entera felicidad. El fruto de mi esfuerzo, a razón de mi dedicación, se había redimido para concederme el triunfo al que uno aspira cuando inicia en su juventud. Por otra parte, mis logros en la empresa aumentaban, razón por la cual, había recibido algunos premios y viajes al extranjero.

De repente, la reconstrucción en su mente de una imagen del pasado, le harían pausar su discurso con una ostentosa reproducción:

"Aún recuerdo el vaivén de los camellos cuando nos transportaban por las arenas del Sahara en un recorrido por la misteriosa ciudad del Cairo. Mi joven esposa no podía disimular el asombro y la alegría que la embargaban durante aquel recorrido. Frente a tales maravillas, el más osado de los constructores no deja de impresionarse, y cualquiera sucumbe ante el misticismo de esas antiguas edificaciones".

La conciencia del instante y su discreto sentido por la persuasión, le hicieron presagiar:

—Seguro que usted mi querido amigo, podrá emprender ese recorrido cuando la suerte le haya favorecido, merced a su esfuerzo y dedicación, al concluir con los estudios superiores".

El joven magnificó su orgullo al escuchar las palabras premonitoras que provenían del noble anciano.

—La firma para la cual prestaba mis servicios —continuó—, se las arreglaba para ganar numerosos contratos de ingeniería. Enormes acueductos, carreteras, puentes, edificios, contenedores de petróleo; todo lo que la ingeniería pudiera generarles cuantiosas ganancias.

A pesar de mi locuacidad para cerrar los detalles finos de los contratos, mi actividad principal estaba bien definida y consistía en asistir a reuniones para el cierre de las licitaciones de obras. Se me proporcionaba un sobre sellado y un maletín. En ocasiones boletos de avión y una suma considerable de dinero para gastos de hospedaje y traslados. Las encomiendas eran muy precisas y no debía, por ningún motivo, apartarme de los protocolos: Acudir con toda puntualidad a las reuniones, mi partición tendría que ser poco notoria y al concluir, dejar con toda intención más que por olvido, el maletín de piel dentro del cual y en un apartado accesible, se encontraba un misterioso sobre de papel.

Al considerar que una mente analítica como la de usted mi estimado amigo, podría anticipar lo que se encontraba en su interior, le añadiré el postre a su curiosidad y le externaré los detalles del caso.

Sobre aquel entonces, no existían las tecnologías modernas de hoy en día, la era digital y la microelectrónica se encontraban aún en los improvisados laboratorios de algunas mentes brillantes, por lo que, realizar estas actividades requería de personas decididas y con temple, que no se congelaran ante los imprevistos que pudieran presentarse, razones por la cual, el éxito de cada operación era bien remunerado.

Pues bien, como posteriormente pude corroborar para mi asombro y desagrado, no sin levantar sospechas a los ejecutivos de la empresa, en el sobre sellado se encontraba una combinación que daba acceso al contenido del maletín. Ahí se encontraban documentos referentes a la identidad de la empresa que ofertaba y un escrito dirigido al ejecutivo de la empresa que licitaba, ofreciendo la irresistible suma de dinero contenida en el maletín como una gratificación por la asignación directa de la obra, práctica que había dado resultados favorables casi en la totalidad de las veces. La firma a la que representaba se había hecho de sumas millonarias y sabía que podía comprar estos beneficios sin el menor contratiempo y el mínimo de los oprobios.

La noche comenzaba a caer y la típica brisa fría que acompaña a las tardes de mediados del invierno, había ocasionado en el anciano un evento de tos. Tuvo que interrumpir el hilo de su discurso por unos minutos. Se apresuró a tomar unos sorbos de té, creyendo que esto le ayudaría a calmar su malestar.

El joven observaba la escena un tanto alarmado y pudo notar que la salud del anciano estaba en deterioro. Su rostro comenzaba a reflejar palidez, sus labios y sus manos un amoratamiento, síntomas más severos que el de un resfriado común.

El anciano pudo incorporarse y cruzando las manos sobre la mesa, se dispuso a continuar con su narrativa. Por un instante, el joven quiso indicarle la parte por la cual retomarla, pero le había dado muestras de poseer una excelente memoria, por lo que se limitó con buen juicio, a esperar a que por sí mismo lo hiciera.

—En una noche —prosiguió con desasosiego—, al regreso de una operación exitosa como las que le he mencionado, en una ausencia de tres días, al llegar a casa, pude notar que la puerta que daba acceso a la entrada principal estaba sin la cerradura puesta y ligeramente abierta. Advertí instintivamente que algo extraño ocurría. Mi hora de llegada apenas rebasaba a la media noche. Con toda cautela pude entrar a la recámara próxima a la sala que me servía de estudio y dentro de la cual, mantenía como protección, un viejo revolver. Coloqué dentro del tambor, tres o cuatro balas y procedí con sigilosa precaución a ganar unos pasos hacia el dormitorio de mi esposa. Toda la escena ocurrió con la luz apagada, no obstante, la luz que se filtraba de la calle a través de una de las ventanas me permitió ver una sombra que se dirigía de un punto de la cocina hacia una puerta posterior de la casa, debiendo pasar por el frente de la misma habitación hacia donde yo me dirigía. Luego, todo pasó con tanta rapidez, que lo he mantenido en mi mente como un mal sueño, un sueño del que quisiera olvidarme para siempre, pero que de manera involuntaria subyace en mi inconsciente para atormentarme, una y otra vez.

Al llegar a este punto, el anciano fue presa de notable agitación, seguido de un descontrol en su cuerpo ocasionado por el recuerdo.

—Desconcertado por la escena, con aire resoluto grité: ¡Alto ahí granuja, o disparo!

En un instante, mi esposa encendía la luz de la sala. Seguramente había despertado por la impetuosa advertencia que había proferido al intruso, y mi pequeña Sonia despertó en llanto, o tal vez, algún presentimiento las prevenía de algún peligro.

Al verse sorprendido, a escasos diez pasos de mí, el intruso hizo un movimiento brusco, como si tratara de tomar un arma de la parte posterior de su cuerpo, a lo que procedí a descargar mi revolver con apresurada anticipación. Al ver que su cuerpo se desvanecía por el suelo, pude notar que mi esposa, quién yacía a unos metros detrás del impostor, se llevaba las manos al pecho y se desplomaba lentamente con la mirada llena de angustia y dolor.

Antes de realizar movimiento alguno, advertí el desenlace fatal de la escena, y sospeché que una de las balas había alcanzado con un impacto mortal sobre la humanidad de mi esposa.

Mi mente se llenó de todo tipo de presagios y por mi cuerpo recorría un espasmo que me envolvía en un total estremecimiento".

El anciano se contuvo. La barbilla le temblaba y una lágrima gruesa resbalaba por una de sus mejillas. Su aspecto reflejaba que aún, después de mucho tiempo de aquella fatalidad, lo embargaba una gran consternación.

Llevó sus temblorosas y arrugadas manos hacia su blanca cabellera. Cubrió su frente y parte de su cara. Lentamente las fue deslizando hacia abajo enjugando las lágrimas que nublaban sus tristes ojos, y amenazaban con caer precipitadamente. Su semblante expresaba la imposibilidad para continuar con su dramático acontecimiento e hizo gestos de disculpas, se despidió moderadamente, y procedió a retirarse con lentitud.

El joven lo tomó del hombro y apretándolo suavemente en un gesto de brindarle confortamiento, se ofreció a acompañarlo a su alojamiento.

Después de haber recorrido cuatro cuadras, tiempo durante el cual no se pronunció palabra alguna, el anciano indicó con un gesto que habían llegado a su posada. Se despidió penosamente del joven, y acordaron la cita en el mismo lugar para dar continuidad a su trágica historia.

Luego de verlo caminar unos pasos por un largo pasillo y poco iluminado de lo que parecía un viejo vecindario, el joven deambuló meditabundo por las calles, hasta llegar a su dormitorio.

El largo tiempo que le tomó reconciliar el sueño, ocupó su mente en recordar los detalles que le narrara aquel desdichado, que no obstante de causarle asombro y curiosidad, no podía evitar sentir compasión por aquel personaje, atormentado por el trágico recuerdo y su precaria situación.

Su mente analítica lo substrajo de su conmoción, y como era

de su costumbre, intentaba por cuenta propia descifrar los posibles desenlaces del dramático episodio que su amigo Pablo —pues así lo consideraba desde ahora— le acababa de confiar.

Por una parte, pensaba en la argumentación jurídica a la que debieron enfrentarse los eruditos del derecho para la resolución del caso. Y por otra, con un gesto compasivo, pensaba sobre el destino que habría albergado a la pequeña Sonia. "¿Qué habrá sido de la indefensa Sonia?" —se decía desconcertado.

Correspondió a la discreción y guardó respeto al dolor de su amigo, hizo un esfuerzo por domesticar su curiosidad y se mantuvo paciente en la espera del próximo día, al tiempo en que sus ojos comenzaban a cerrarse con pesadez.

Capítulo III

Las campanadas de la iglesia junto al parque central anunciaban en breve el comienzo de la misa de seis de la mañana, con lo cual, despertó de un sobresalto y apenas pudo arreglárselas para no llegar tarde a su primera clase. Tenía una idea muy particular respecto al aprovechamiento del tiempo y rara vez se le veía deambulando por los pasillos de la escuela sin propósito alguno. Por lo que llegar unos minutos después de haber iniciado la primera clase, le servía de excusa para evitar conversaciones de poco interés con sus compañeros. Y pese a que su profesor le permitía tal rebeldía, en ocasiones había tenido altercados con él, hasta el punto de llegar a la irritación.

Había transcurrido el día sin actividades de mayor trascendencia y al caer la tarde, recordó que debía asistir al encuentro con Pablo. Había advertido que desde hacía mucho tiempo no experimentaba una ansiedad de esa naturaleza, pero la historia conmovedora, le había despertado aquella indiscreta curiosidad.

Al transcurso de una hora desde su llegada, la camarera lo persuadió, no sin antes sacarlo de su enajenamiento, a que ordenara por lo menos un té ò un postre para garantizar su estancia en aquel sitio. Con un gesto importunado, se disculpó y solicitó con solemne amabilidad que le permitieran sólo unos minutos más en lo que llegase su amigo.

Comenzó a preocuparse por la ausencia de Pablo y no atribuyó el hecho al posible descuido u olvido de la cita, dado que le había dado muestras de poseer una gran memoria, lo cual deducía a partir de su extraordinaria narrativa.

Por un momento, se distrajo observando los detalles de aquel establecimiento. Aunque claramente exponía el diseño moderno del arte minimalista, su concepto dejaba en claro que se trataba de un lugar en el que los comensales podían disfrutar de una gran variedad de bocadillos, postres y bebidas refrescantes.

Al terminar su circunspecta observación, se levantó y salió con rumbo a donde la noche anterior, atestiguara se ubicaba el domicilio de su nuevo amigo.

Cuando hubo llegado con apresuramiento al vecindario, abrió la reja principal la cual permanecía sin cerradura "característico de los lugares en los que se aprecia que puede substraer cosa de gran valor" —pensó con mordacidad—. Caminó hacia el final del pasillo y al encontrarse entre dos puertas, su intuición le indicaba que debía llamar a la que lucía con el mayor indecoro, dadas las extremas privaciones de su amigo.

Después de confirmar y haber triunfado con su especulativa, pensó con ironía: "a la diestra como era de suponerse (mientras recordaba lejanamente el párrafo del Juicio final, descrito en el evangelio de Mateo)". "A donde debieran ir los que han sufrido toda clase de calamidades"—insistía en sus adentros con obstinado retintín.

Después de repetir el llamado en tres ocasiones y sin obtener respuesta alguna, escuchó el golpe de una puerta al cerrarse desde un punto de la entrada principal, y unos pasos que avanzaban hacia él.

Por su apariencia y sus elegantes atavíos, la mujer daba indicios de ser la encargada o dueña de aquel vecindario, mismo que se constituía por un aproximado de doce piezas, según los cálculos del joven.

La dama no llegaba a los treinta años, de talla mediana, tez morena clara y gruesa de cuerpo. Su cabello negro y enrizado colgaba libremente por debajo de sus hombros. Su peinado, dominado hacia atrás, estaba aplastado con una cinta ancha de color blanco por arriba de la frente, y dejaba al descubierto sus orejas de las que pendían unos llamativos aretes que hacían juego con su vestido. Su maquillaje en general era discreto, y su apariencia la promovía de ser una mujer agradable.

En tono cortés, pero con una fingida seriedad, preguntó refiriéndose al extraño.

— ¿Puedo ayudarle en algo, caballero?

—"Busco a mi amigo Pablo" —pensó en responder a la interrogante, pero supuso que posiblemente no le conocieran por ese nombre, por lo que se vio en la conveniencia de responder en tono ameno:

—Soy amigo del anciano y por una razonable preocupación he venido a buscarle bajo la sospecha de que pudiera haberle ocurrido algo.

—Ahora que usted lo menciona, también a mí me ha parecido extraño no verlo durante el día. Quizás tenga razón y lo que sospecha sea de consideración, desde hace algunos días he visto que su salud ha ido en deterioro —correspondió la dama en tono cortés.

Y con gesto de quien en verdad expresa preocupación, con voz decisiva dijo:

—Permítame joven, voy por un duplicado de la llave a mí despacho.

En poco tiempo volvió y se dispuso a abrir el alojamiento del anciano.

Al entrar en la habitación, no había razón para desorientarse porque, aunque estaba constituida por una sola pieza, su pequeña dimensión y su escaso mueblaje incitaban a la vista a mirar hacia una de las esquinas en las que se encontraba un pequeño camastro, y en el que yacía acostado el anciano envuelto con una ligera sábana blanca, en completo estado de sopor.

La dama se apresuró y tras hacer los menesteres para cerciorarse de que el anciano aún respiraba, y en tono de quien no se inmuta fácilmente ante estas circunstancias, indicó al joven que consiguiera unos paños de tela en su despacho y que los humedeciera con agua fría. ¡El infeliz está hirviendo en fiebre! —exclamó—, y es necesario controlarla.

Al regresar, la dama le precisaba en modo excesivo, que pusiera los paños sobre la frente del enfermo y que los cambiara a cada minuto, mientras ella salía en busca del médico de cabecera.

Al cabo de pocos minutos, portando un maletín negro, entraba en aquel cuchitril el galeno, y procediendo menesterosamente se dirigió al anciano para examinarlo.

En tono cortés, persuadió a los dos para que aguardaran afuera, mientras que él, ejercía las prácticas de su profesión.

El joven no accedía a comprender la actitud del médico por realizar sus labores en la secrecía, y eso lo irritaba un poco —¡como si tratara de evitar que sus procedimientos le fueran copiados! Se dirigía a la dama, mientras cerraba la puerta tras de sí. —¡como si nuestra presencia le causara molestia para el ejercicio de sus prácticas! —continuó—. Qué más da. ¡Bah!

—Mi nombre es Catalina —dijo la dama— refiriéndose al joven, ya con más calma y confiada en que el médico seguramente podría reanimar la salud del anciano.

Soy la representante de este recinto y es mi deber mantener el orden y la vigilia de lo que aquí suceda. ¡Usted ha venido como caído del cielo! —le manifestaba—, si no fuera por usted, quién sabe que hubiera sido de este desdichado. Seguramente Dios le ha puesto de amigo suyo para brindarle confortamiento y protección.

El joven, sintiéndose halagado y sonriendo discretamente, se presentó:

—Mi nombre es Octavio Alberto, puede llamarme Octavio que es la forma preferida por mi madre.

Soy estudiante de ingeniería, y he conocido a Pablo, más por casualidad que por alguna otra razón que propiciara un vínculo de mayor afecto entre nosotros, y mucho menos, indigno de ser un enviado del cielo.

—¡Las casualidades no existen joven, no existen! —arremetió Catalina.

—¡Todo tiene un propósito en este mundo! —puntualizó.

En poco tiempo, el médico abandonaba la habitación y, se dirigió a Catalina para informarle:

—Afortunadamente hemos actuado a tiempo. Si bien no es un caso de extrema gravedad, un descuido mayor le hubiera sido fatal.

—Gracias a este caballero ha sido posible asistirlo oportunamente, de lo contrario, sabrá Dios que hubiera sido de este pobre infortunado —dijo Catalina, congraciándose con el joven.

De cualquier manera —continuó el galeno—, le he suministrado un fuerte medicamento para combatir las infecciones y es preciso dejarlo descansar. En lo sucesivo, le sugiero que lo mantenga con mucho reposo y cuidado. Pronto regresaré para evaluarlo, considero que en pocos días será notoria su recuperación.

Después de recibir sus honorarios por parte de Catalina, a quien, por su predisposición y confianza parecía conocerle desde hacía mucho tiempo, procedió a despedirse con cortesía.

—Estoy muy preocupada, joven Octavio —expresó Catalina—, no conozco a ningún pariente cercano del anciano y temo que algún día no muy lejos, se nos muera y nos meta en el alboroto de su cristiana sepultura. ¿Conoce usted a alguien? ¿Algún pariente que pueda hacerse cargo de él?

—Lo conozco desde hace pocos días —respondió el joven con

desconcierto— y a voluntad propia, se dispuso a revelarme un dramático acontecimiento de su pasado que le cambió la vida por completo. Y ahora que lo recuerdo, mencionó que, de la relación con su esposa, ahora muerta, había nacido una pequeña a la cual nombraron Sonia. Si la infortunada aún vive, considero que podría duplicarme fácilmente la edad.

—Dios lo ilumine joven y haciendo uso de todos los medios actuales, pueda usted encontrarla si es que está con vida, o tal vez, llegar a otro pariente cercano a través de sus referencias. Quizás podamos regresarle un poco de dignidad a este desdichado antes de su muerte, si es que la merezca.

Con sonrisa jubilosa exclamó: —¡Ya ve joven! ¡En este mundo no existen las casualidades! Usted ha sido enviado a la vida de este hombre, con un propósito hasta ahora desconocido.

—Pero calma —replicó Octavio, sintiéndose involucrado en este nuevo episodio— no podemos hacer nada únicamente con el nombre de pila, será necesario contar con los apellidos de Pablo como mínimo, los de su esposa y de su lugar de origen si fuera posible, de lo contrario, sería una labor en extremo difícil.

—Es muy cierto —asintió Catalina—, yo tampoco tengo mayor conocimiento de la vida de este hombre. Lo único que he logrado saber, es que posee un pequeño cofre de madera, dentro del cual, guarda con mucho sigilo algunos objetos personales y que, llegada la ocasión, según como él mismo ha manifestado a mi patrona, sabríamos que hacer al respecto. Quizás en su interior, se encuentren datos reveladores sobre su identidad, o indicios de algún pariente cercano.

—De cualquier manera —expuso el joven— no podemos allanar su habitación, y sobre todo, pasar por encima de su deseo, menos ahora que el médico ha dado un diagnóstico positivo y de pronta recuperación. Sería prudente esperar un poco y exhortarlo a que nos facilite información, o esperar por algún indicio en la historia que ha decidido contarme, y posteriormente, proceder según lo que mejor convenga.

—¡Eres un genio! —exclamó Catalina, quien ya comenzaba a sentir simpatía por el joven—. Me parece muy convincente tu propuesta. Así lo haremos. —argumentaba— como si de una complicidad se tratara.

Mientras ambos caminaban por el pasillo hacia la salida del vecindario, Catalina lo persuadía a que no se preocupara, que ella estaría al pendiente del anciano hasta su recuperación. Y con un gesto de agradecimiento, le concedía autorización para llegar a visitarla cuando quisiera. Además, lo animaba a que podía contar con ella en lo que le fuera posible. Aunque la precaria apariencia del joven demandaba de su asistencia, el gesto humanitario de éste, le otorgaba mayor consentimiento para la práctica de su religiosidad.

El joven se despidió con la promesa de regresar pronto y enterarse sobre la salud de su amigo.

Al encontrarse por la calle y sin un destino en particular, el joven meditaba sobre las palabras de Catalina respecto a la casualidad. Le intrigaba el desenlace que pudiera tener el episodio en el cual estaba involucrado, y que había llegado a su vida por alguna misteriosa fuerza del destino.

Sonia, "¿qué habrá sido de la pequeña Sonia?" —se interrogaba— "¿Estará enterada de los pormenores del acontecimiento? Y si es el caso, ¿estará en la disposición de tener un encuentro con su padre, a quien seguramente nunca habría conocido?"

Absorto en los análisis, no se había percatado que se encontraba a una cuadra del mercado central, cuando notó que dos pequeños permanecían de pie y recargados sobre un viejo muro a un costado de la banqueta.

El menor de ellos tendría aproximadamente cuatro años y el mayor apenas le duplicaba la edad. Sus vestiduras eran harapientas; el mayor calzaba unos zapatos muy viejos y rotos, y el pequeño andaba descalzo con los pies mugrientos, sus cabellos desaliñados y sus caras ennegrecidas por el polvo. El pequeño sollozaba con la cabeza baja, y abrazaba suavemente al más grande por la cintura, quien, a su vez, lo confortaba tendiéndole el brazo sobre el hombro, y lo alentaba a que sobrellevara la situación con valentía.

La mirada del mayor reflejaba una gran angustia, como si el peso de su desgracia infligiera en él, una gran responsabilidad, la cual no podía remediar.

Octavio había adquirido la agudeza de aquellos que han sufrido la miseria y han vivido en su propia carne el dolor de las carencias y necesidades económicas. Por tal motivo, podía distinguir con toda seguridad cuando se encontraba de frente con un suceso de tal naturaleza, y revelar si se trataba de una estafa, o una obra cruel del destino.

Aunque los infantes no realizaban el acto explícito de quienes practican la mendicidad, permanecían en un estado de aflicción en espera de que la compasión de alguno de los transeúntes les conmoviera a practicar en ellos, un acto de piadosa generosidad.

Al caer la tarde con pesadez, las conclusiones de Octavio le indicaban que en tales circunstancias no podía pasar indiferente, y que debía actuar según los preceptos de su corazón. Avanzó unos metros, introdujo las manos en su bolsillo y extrajo las monedas que aún le quedaban, y al llegar a un expendio, ordenó unos bocadillos y bebida suficientes.

Regresó sobre sus pasos y acercándose a los dos pequeños, les obsequió con un gesto lastimoso los alimentos.

Sin decir palabra alguna, el mayor de ellos, quien mostraba el arrojo característico de quienes han forjado su madurez a temprana edad por las circunstancias a las que han sido sometidos, se apresuró a tomar con regocijo lo que el extraño les ofrecía.

Por unos segundos, los miró detenidamente, como si tratara de memorizar sus rostros, o como si a través de sus ojos, pudiera encontrar las causas que perpetraban la desdicha sobre esos desafortunados.

Tal vez habrían escapado de su casa —pensaba conmovido—, y prefirieron vivir en las calles, a soportar el maltrato de un padre insensato, de un padrastro perverso o de una madre carente de cariño ¿Que más da?

Se incorporó, y mientras proseguía su camino, se decía que, aunque su gesto no resolvía el problema de fondo "contrario a lo que sus amigos pensaban respecto a la caridad", propiciaría en ellos, un poco de aliento y de esperanza.

El mañana llegará y traerá consigo sus propios desafíos y oportunidades, por ahora, se habría abonado a la esperanza. "***La esperanza*** —se decía ensimismado—***, es el refugio de los desdichados".*** Además, dentro de poco tiempo concluiré mis estudios y lucharé por un cargo en la administración gubernamental. Desde esa postura, me será posible coadyuvar a remediar estas lamentables marginaciones. Tal cual era su característico proceder ante las desgracias, que no dejaban de atormentarlo cuando se las encontraba de frente.

Si mi madre —evocaba con pesadumbre—, viera con sus propios ojos, la degradación de los valores y de los sentimientos de las madres por sus hijos y en general del prójimo por sus semejantes, manifestada al más alto grado de frialdad e indiferencia, estallaría en inconsolable llanto.

Recordaba cuando era casi un niño. Su madre le brindaba los más ejemplares consejos. Y en varias ocasiones, había quedado sorprendido cuando, sin haber recibido más allá de la educación básica, le decía que, si bien la humanidad había descuidado el rumbo por preservar la integridad y los valores, no todo estaba perdido, la naturaleza aún seguía siendo fiel a su mandato y continuaba sorprendiéndonos con su prodigiosa manifestación; como invitándonos una y otra vez a retomar el camino.

"Cuando aún eras muy pequeño mi querido Octavio —le contaba en reiteradas ocasiones—, y en nuestro patio podía criar toda clase de aves de corral, observaba como las gallinas después de permanecer algunas semanas en el nido, tiempo durante el cual, lo abandonaban apenas para acicalarse y desentumecerse, una vez que brotaban sus polluelos, salían al patio hechas un costal de plumas con su camada, y aunque permanecían casi en completo ayuno durante todo ese tiempo, cada vez que escarbaban el suelo con sus patas, y dejaban al descubierto algún bicho o gusanillo, con su distintivo cacareo los llamaba para alimentarlos a todos, uno por uno; a pesar de que las plumas cubrían su esquelético cuerpo.

No podrías creerlo mi querido Tavo, cuando las lluvias caían a torrente y no alcanzaban a protegerse bajo el refugio, después de que la tormenta había pasado, debajo de sus alas completamente humedecidas, salían los polluelos revoloteando con sus plumas secas, sin el menor rastro de agua —enfatizaba.

Dime tú, mi pequeño Octavio ¿ese no es un acto de entera abnegación, protección y amor por sus congéneres.? Le interrogaba como para adoctrinarlo a su temprana edad, de que los actos de compasión subyacen en la mente de toda la humanidad, e incluso de los animales.

¡Algunas madres debieran aprender de estos actos prodigiosos de la naturaleza! —le reiteraba".

Cuando estaba próximo a la plazuela del parque, lugar que debía atravesar para llegar a su posada, decidió rodearla para evitar algún posible encuentro con su amada y revivir sus recientes heridas de amor, pues la decisión que había tomado, la consideraba inamovible.

Los olores a comida que expelían los establecimientos le hicieron sentir una gran sensación de hambre. Pensó en comer algo antes de refugiarse en su apartamento, pero recordó que se había quedado sin un céntimo por los actos de su generosidad. Prosiguió su camino hasta perderse al doblar por la esquina donde terminaba el corredor de los portales.

Capítulo IV

Con la proximidad de la primavera, la atmósfera húmeda y las brisas de aire frío fueron disminuyendo progresivamente, lo que favoreció la pronta recuperación del anciano.

Con el ánimo renovado, quiso el destino la continuidad de su historia, y confabuló para que después de varias semanas, se encontrara de nuevo frente aquel joven y en aquel mismo lugar, como si el tiempo no hubiera transcurrido.

Era la mañana de un domingo, cuando al finalizar la misa de diez, un primer sorbo de té sería el preámbulo para reiniciar con su relato.

—Mi proceso, desde el análisis jurídico —continuó el anciano—, se desarrolló con una propensión tal cual, a las que podríamos evocar desde tiempos inmemoriales: a la complacencia de las circunstancias sociales y políticas en el tiempo en que tuvieron lugar los acontecimientos.

Debo aclararte estimado Octavio que en la fecha en que te refiero los hechos, a más de cincuenta años atrás, la sociedad comenzaba a experimentar un incremento en la inseguridad y la violencia, incitados según los expertos, por una inestabilidad económica que ensanchaba al desempleo de manera alarmante. Aunque en las calles podrían sentirse los efectos iniciales de la declinación social, no era del conocimiento de todos, la gravedad de los asuntos financieros por los que atravesaba la administración pública. Los grandes pensadores que orquestaban como asesores políticos de un reducido gabinete de salvación monetaria, apostarían en primer lugar, por lustrar la imagen del gobierno e intentar alterar la percepción real de los acontecimientos socioeconómicos. El primero y el más grande de los aliados sobre los que se constituyó este plan, fue la prensa.

La televisión y los medios digitales, o al menos a como los

conocemos hoy en día, no existían por aquella época, y únicamente dos periódicos locales hacían publicaciones semanales de los acontecimientos sociales, políticos y culturales.

En un intento por refutar el delito sobre el cual se integraba mi expediente, y por el cual se consignarían los cargos en mi sentencia, se hizo un esfuerzo que resultó infructífero y que terminó por consumir todo mi capital.

Mi propósito principal consistía, porque además los hechos así lo demostraban, que se me juzgara por la ejecución de un crimen perpetrado en defensa propia, en la legítima protección por el allanamiento a mi propiedad por un reconocido delincuente, en cuyo motivo, se sustentara el robo como la causa principal; de esta manera, además de honrar la memoria de mi esposa y limpiar su intachable imagen, y que era el acto que más anhelaba, la resolución del caso se sustentó sobre otras premisas. Pues los titulares de la prensa esbozaron en su portada "La perpetración de un crimen de índole pasional", dando por iniciada, la resta en uno de la estadística delictiva. Y con una esmerada argumentación, se exponía que: "un hombre de negocios, al regresar a su casa, sorprendía a su esposa en compañía de su amante. Éste, enfurecido por los celos y no menos por su dignidad lastimada, en un acto de envilecimiento, arremetía con su arma sobre la humanidad de ambos traidores, como un ajuste de cuentas por el perjuicio a su honorabilidad". —¡Toda una farsa! —, repochaba el anciano con sílabas extendidas.

Mi vulnerabilidad quedó al descubierto cuando mi fortuna se agotó, y en respuesta al clamor que la razón me hacía, al advertir que me quedaba como patrimonio únicamente la casa en la que vivía mi familia antes de que ocurrieran los hechos, y consciente de que mi suerte estaba echada, logré convencer a mi hermana Hortensia, de que vendiera la propiedad y que, al hacerse cargo de mi pequeña Sonia, el dinero pudiera utilizarlo para su manutención y para la garantía de sus futuros estudios.

Aliviada una de mis preocupaciones, con el alma lacerada, atormentado por un sinnúmero de presagios y toda clase de sentimientos, me quedé absorto y desconcertado en la espera de mi aniquilamiento.

Éste no tardaría en llegar, y en honor a la victoria de quien además desea dejar muy en claro un mensaje de advertencia, se me sentenciaba a una condena ejemplar de treinta años en la prisión por doble homicidio.

¡Oh, mi querido amigo, si Satán, en lugar de arrebatar a Job, sus hijos y todas sus propiedades, hubiese apostado en primer lugar por la libertad del Santo varón, habría tenido mejor suerte, porque al perder la libertad, lo pierdes todo, inclusive la honra!, ¡Oh, tan preciada libertad! —denotaba el anciano conmovido.

Capítulo V

—Y un día, como cualquier otro de los muchos que había permanecido en el presidio, cuando por fin comprendes que la esperanza también ha envejecido contigo, y exhala de tu aliento para seguirte como tu sombra hasta el último momento de tu vida, pasó lo que tanto había esperado.

Se me informaba que había cumplido mi condena, que tendría que pasar a llenar unas formas y otros trámites, y que procediera con rapidez.

Con unas monedas en el bolsillo y una ropa otorgada por el Estado, me encontraba de regreso. Incrédulo de todo caminé sin rumbo hasta alejarme del patio que delimitaba la más cruel de mis pesadillas.

Pese a todas esas calamidades, sentí que mí dignidad no había muerto, que yacía como las semillas del desierto en espera de una gota de agua para resurgir. Pensé en acudir con viejos amigos, pero todos me habían abandonado, por un momento de emoción, creí que podía ir a casa de mi hermana Hortensia y que seguramente podría ver a mi hija, pero me sentí con las manos vacías, peor aún, con el corazón hecho un cascarón y confrontado contra el mundo. No tenía nada que ofrecerles. Mi presencia, en tales circunstancias, terminaría por aplastarme y hacerlas infelices.

Consideré que la mejor opción sería dejar la capital y viajar al sur para buscar nuevas oportunidades y así lo hice.

A escasos días después de haber dejado la prisión y deambular por algunas de las calles apartadas de la ciudad, ocupándome en comer menos de lo necesario para postergar mi subsistencia y arreglándomelas para dormir bajo los pórticos de los puentes, me dispuse a tomar una ducha a orillas del lago que delimitaba los suburbios y el centro de la ciudad. Sabía que debía cambiar mi aspecto y me preparaba para algo, como si en mi interior se hubiera formado una determinación de enfrentar nuevamente los desafíos y encararlos con toda determinación. A pesar de no tener definida la manera de recomenzar, una fuerza me tomaba por arrebato y me impulsaba a dar ese gran paso. En tales circunstancias, al día siguiente, antes de que la dulce aurora despertara y los primeros rayos de sol importunaran a las aves que a manera de refugio se conglomeraban en los numerosos árboles que delimitaban los márgenes del lago, tomaba con gran júbilo una de las duchas que por largo tiempo no había ocasionado en mí, esa sensación indescriptible de armonía y libertad. Me sentí con el regocijo del mismísimo nazareno recibiendo las aguas de manos de aquel Santo, llamado el Bautista, acto que representaba para mí, la exoneración y el final del resentimiento que por mucho tiempo había alimentado en los años de mi encarcelamiento, y que me confrontaba contra el mundo entero. Con gran motivación, me vestí con los mismos atavíos y me dispuse a caminar con rumbo al mercado. Seguramente allí, me encontraría con los comerciantes que a primera hora de la mañana preparan sus pequeños establecimientos para ofrecer sus productos a los clientes que a diario acuden con afanoso propósito. Gasté mis últimas monedas en procurarme un café acompañado de un pan simple. ¡El aroma! ¡El pan remojado! ¿Qué importaba el mundo si tenía la libertad? No solamente la libertad del cuerpo, sino también la del alma, ¡Me sentí el hombre más feliz del mundo!

Los primeros sorbos de café llegaron al fondo sin obstáculo alguno, con lo que el calor de la bebida, en su recorrido por las fibras del cuerpo, fueron estimulándome con una agradable sensación.

Absorto en el placer me encontraba, cuando a un costado de mí tomó asiento un sujeto. Por su elocuente saludo, deducía que era un cliente conocido y que, como sucede en esos pequeños establecimientos, su actividad era conocida por todos los comerciantes. Después de recibir su orden, sorbía el café con apresuramiento, a pesar de que un cubo de hielo puesto en su interior podría deshacerse en segundos por su elevada temperatura.

Aunque por su corpulencia parecía verse un poco más bajo, su estatura alcanzaba con facilidad el metro con ochenta centímetros.

Su piel achocolatada y su tosca vestidura daban indicios de ocuparse en el trabajo rudo. Su barba descuidada y su visible suciedad contribuían a mis suposiciones.

—¿Cómo le va señor Marcos? —inquirió el comerciante, "de quién, por el tono distintivo, podría asegurarse que era el dueño del negocio; aspectos que distinguen a un pequeño comercio cuando éste, es atendido por su propietario y no por su dependiente, cuando el primero, además de vender su producto, hace esfuerzos por promocionar la buena imagen y se presta a socializar de buena gana con cuantos acuden a solicitar su servicio, acto que es poco probable observar con el segundo".

—¡Bien! Don Tomás —respondió el extraño, con voz sonora. Y en un gesto de preocupación, prosiguió:

—Estoy a punto de partir y mi ayudante no se ha presentado. Me es indispensable su compañía, pues el largo recorrido me obliga a permanecer despierto por mucho tiempo, y con su plática, me resultaría más llevadero el viaje.

Presto a la oportunidad, me dispuse a promover mi desempleo.
—¡Yo podría ser su ayudante, amigo, si así me lo permites! Recién estoy desocupado y puedo ser de tu ayuda. No tengo inconvenientes, ni con el tiempo, ni con el viaje. Mi nombre es Pablo, Pablo Solís.

A juzgar por su mirada, el trabajo no requería de mayores actitudes, pues una rápida inspección bastó para que suplantara del cargo, a su antiguo compañero.

Los huesos de mi mano se estrujaron con el saludo de aquel tipo.

—¡Vaya, qué osadía señor Pablo! —correspondió—. Si es el caso, partamos ahora mismo entonces.

—Mi nombre es Marco. Marco Suárez.

Marco era un camionero y se disponía a llevar un tráiler hacia el sur del país en busca de ganado.

Ya en el camino, parecía haber recobrado su ánimo, y el solo hecho de manejar aquella enorme máquina, lo llenaba de un orgulloso placer.

Los primeros minutos fueron ocupados en maniobras continuas para abandonar la ciudad, hasta llegar a terreno abierto, tiempo durante el cual, la mente del camionero estuvo ocupada en los cálculos de los espacios reducidos para no ocasionar algún percance. Ya en la carretera, como un alma sin dueño, parecía disfrutar de esa sensación del espíritu libre, y cuando se presentaba la ocasión de hacer gala de su cartografía mental, me hacía señalamientos hacia donde conducían tal y tales carreteras. Lo mismo con nombres de ciudades y de pueblos, y, hasta por muy pequeños que fueran, nombres de puentes y de ríos.

Aunque mi intervención hasta ese momento era notoriamente limitada, seguro percibía que disfrutaba la cátedra de su vasto conocimiento geográfico, y sobre mi insuficiente dominio en dicha materia, se ensanchaba aún más, con irrefutable autoridad.

No pasaría mucho tiempo para que, incitado por la curiosidad, dejara de lado la geografía para iniciarse en los terrenos de la investigación; así que dio inicio el ordinario interrogatorio.

—¿Qué me cuenta de usted Pablo? ¿Qué hay de su vida? —fueron las palabras que iniciaron la formalidad de un diálogo.

Mi respuesta pudo haber sido esquiva, y evitar el suplicio de recordar mi desagradable pasado. Pero el hombre es capaz de reaccionar de dos maneras distintas sobre una misma situación, y lo que en una determinada circunstancia puede ser motivo de sentir deshonra o vergüenza, en otra muy distinta, puede ser motivo hasta de sentir orgullo. El destino lo sabe, y la vida en su complicidad, se encarga de brindarnos esas dos oportunidades.

En esa ocasión, comenzaría por comprobar mi hipótesis, y procedí con jactanciosa dignidad:

—Soy un expresidiario —respondí, tajantemente—. Hace escasos tres días de haber abandonado la prisión.

Por un momento pude disfrutar del asombro en su rostro, pues la primera impresión que cualquiera se forma de alguien que haya estado en la prisión, es la de un asesino. No obstante, los cálculos de su masa corporal en relación con la mía le devolvían la tranquilidad rápidamente, y ayudado además por su sexto sentido, por medio del cual es posible percibir entre otras facultades, la maldad y el peligro, y su contraparte el miedo, y convencido de que no le representaba mayor amenaza, terminó por convertir su asombro, en una obstinada curiosidad.

—¿Qué me cuenta de la prisión? ¿Cuánto tiempo permaneciste en ella? —cuestionó.

El motivo por el que fui recluido —respondí, tratando de abordar la totalidad de la historia— se debió a una tragedia en la que asesiné a un ladrón y a mi esposa por accidente.

Por un momento, mi respuesta despertó su intriga, pero la curiosidad lo devolvió a su obstinada pregunta.

—Pero ¿cómo es la prisión? ¿cómo te la pasas ahí adentro?

Por su insistencia, deduje que atravesaba por alguna situación que le demandaba actuar con determinación y arrancar el problema de raíz. Como cualquier persona que en algún momento de su vida se encuentra acorralada por algún asunto delicado, y mientras que, por un lado, su descontento lo incita a actuar con el uso de la fuerza y la violencia, por el otro, la conciencia lo retorna al razonamiento. Y sin resolverse a actuar de ninguna manera, acude a la balanza para medir el precio de sus decisiones. Mientras que sobre uno de los platillos pone las afecciones familiares, las posesiones materiales y la libertad, en el otro, deja caer el peso del asunto y sus implicaciones; para que al final, considere si el desbalance al que seguramente se enfrentará, puede nivelarlo con las penalidades que esto le ocasionaría, y sopesar, si realmente vale la pena padecerlo.

De ese tipo de personas y de la que pocos están exentos, era la pinta del camionero. Desde luego que nunca pude haberlo averiguado, pero era una conclusión a la que llegaba con un disimulado aire de triunfo.

No lo hice esperar más, ni dejé que insistiera con la misma pregunta, así que bajo aquel referido de que "solamente el que carga al muerto, puede calcular su peso", me dispuse a responderle.

Tu pregunta, aunque parezca sencilla, resulta en extremo difícil, ya sea porque te refieras a la prisión como un instrumento de castigo, sea porque te refieras a mi rol como presidiario, o porque te refieras a mi naturaleza como "delincuente". Si bien, guardan una estrecha correlación, a cada asunto le corresponde un tratado muy extenso de estudio, y muchas disciplinas encargadas del comportamiento humano, en su integración, encuentran un vasto cultivo de investigación, y en particular, la antropología criminal.

Aunque en cada nación puedan diferir las reglas mínimas para el tratado de los reclusos, es posible hablar de manera generalizada sin el riesgo de apartarse de su contexto. Pero antes de continuar, permíteme mencionarte la siguiente frase de alguien que con justa autoridad pudo referirla. "Nadie conoce realmente una nación, hasta que haya entrado en sus prisiones".

—Me parece una frase profunda y oportuna de ese gran político sudafricano —correspondió el camionero, dando muestras de no ser un iletrado—, pero agradecería me hablaras desde tu propia experiencia, interperló.

—Espero satisfacer tu curiosidad. —respondí, casi a disgusto por su necedad.

Cuando entras en la prisión, como cualquier experiencia nueva, no dejas de sentirte abrumado. Sin embargo, el hombre es un ser instintivo, y si alguna vez has observado a los perros, mucho más estarás de acuerdo conmigo, cuando éste, en el cumplimiento de la fidelidad a su amo, se ve en la necesidad de atravesar por territorios extraños mientras lo acompaña; a su encuentro, le saltan otros tantos reclamando con gruñidos y ladridos sus territorios. En su instintiva reacción, responde en razón a sus posibilidades físicas, de ventajas o de desventajas. Si sus cálculos le indican poseer una superioridad, puede mostrarse indiferente y hasta gruñir para manifestarse soberbio, si, por el contrario, se siente sobrepasado, por lo general, se abandona al sometimiento, y se expone al escudriño y a la exploración de los intrusos, cediendo a sus olfatos y a sus expresiones amenazantes de dominio. Si obedece a su instinto, es posible que el asunto no pase más allá que al de una innata rutina de inspección, de lo contrario, esa primera experiencia puede ser tan abrumadora y marcarle para toda la vida. De la misma manera, el reo en su primera experiencia, al encontrarse en un mundo oscuro, con la mirada aversiva de la mayoría, hostil y hasta de intimidación, no deja de amedrentarse. Sin embargo, hasta el más valiente de los hombres que, impulsado por su envilecimiento haya arremetido en contra de algún adversario, en su interior, sabe que el oponente, cuando acorralado y presa del miedo, puede arremeter con mucha más fuerza y violencia, aunque sea considerado inferior. De ahí el dicho de que “no hay enemigo débil” Por consiguiente, siempre existe un margen de cautela que propicia la convivencia entre unos y otros.

Nada causa más temor al hombre que la incertidumbre y el

misterio. Así que el convicto que ingresa al presidio por primera vez no debería mostrar sus sentimientos de debilidad y tampoco de valentía, porque quedará expuesto. Si abrumado por el sufrimiento se siente en la humana necesidad de llorar, jamás debe hacerlo a la vista de nadie. Si no puede evitarlo, que llore en la soledad y en la oscuridad, donde nadie sea testigo, de lo contrario, será un blanco tentador y hasta de convertirte por la fuerza, en la novia de alguien.

Tampoco debe hacerse el valiente, porque así le está poniendo precio a su cabeza, y sólo será cuestión de tiempo para que alguien, en complicidad con otros tantos, se atribuya con orgullo, la tarea de darle una demostración de humillación.

En ningún otro lugar, puede verse al bien y al mal conviviendo tan de la mano, pues si bien es cierto que allí se encuentran los más despreciables de los hombres, también se encuentran quienes, siendo víctimas de una mala jugada de la vida, tienen que pagar su condena, y otros tantos, víctimas de la injusticia.

Por irónico que parezca, aun en esos lugares, sobresalen los valores de la honestidad y de la lealtad, desde luego, encauzados a conveniencia. Y lo que menos debe hacer el ingresado, es mentir a cerca de la naturaleza de su delito, porque tarde o temprano será investigado y lo descubrirán. Y si se involucra en algún tipo de juego en el que se tenga que apostar, pronto saldrá en disputas, pues si pierde, el ganador reclamará su botín a como le plazca, y si gana, es posible que esté sumándole a su suerte, el repudio y el rencor de otros.

Las recomendaciones del comportamiento por las que un individuo debe optar al entrar por primera vez en una prisión, tal como evitar el mirar de frente a cualquiera, o mirar, oír y callar ante lo que vea, podrían ser de su utilidad, pero terminan por ser percepciones de cada individuo. Optar en mostrarle los escenarios tétricos y de mala vibra de las instalaciones para generar la morbosidad, sería un acto de vileza, por lo que la mayor de mis recomendaciones no estaría orientada al cómo sobrevivir en una prisión, sino al cómo evitarla.

El hombre es impulsivo por naturaleza, y ha de emplear toda su sabiduría y esfuerzo en procurar dominarse, lucha que por ningún motivo le defraudará. Recuerda aquella máxima: "no hay caminos para la paz, la paz es el camino".

Evita que el odio y el rencor te guíen por para resolver tus conflictos, recurre al diálogo y a la calma para enfrentarlos.

Si alguien o algo te molesta, trata de hablar con la persona involucrada para buscar una posible solución, y únicamente si consideras que recurrir ante la ley, la justicia será la única triunfadora, hazlo, no sea que, al aplicarse la ley, la percepción de justicia esté inclinada desfavoreciendo denigrantemente al oponente, y las cosas se pongan peor. Y, sobre todo, deja tu orgullo fuera de la balanza y posteriormente, sopesa si lo reclamado realmente vale la pena, no sea que, sosegado por éste, la vanidad sea tu mala consejera.

Recuerda que el sufrimiento en la prisión no solamente es lo que tú padeces, pues también se ven afectados tus padres, hermanos, y si tienes hijos, éstos la pasan peor.

Por otra parte, surge el estigma de la sociedad, y le será casi imposible acogerte como un ciudadano en cuanto salgas, categoría que pierdes al ingresar, pues tus derechos te son arrebatados casi hasta el exterminio. Ten por seguro que nadie sabe el momento en que la cárcel se convirtió en un instrumento de castigo, pues hace mucho tiempo se le consideraba un medio para contener a aquellos que estaban en espera de ser juzgados, o de recibir una pena. Ya sea que los motivos que ésta persiga sean el de incapacitar, rehabilitar y disuadir al infractor. O en sus deseos más nobles de regeneración, readaptación o de reinserción social, son instrumentos que distan mucho de la realidad, y ya desde una motivación social, impulsada por una crisis de inseguridad, se consienten acuerdos silenciosos entre sociedad y Estado, y terminan por considerárseles un medio de castigo, y sobre esa postura, son frágiles los esfuerzos por la transformación del infractor.

Tal como una comedia satírica, en la que se tiene por tema a la conducta, mientras los que están adentro, recluidos por la transgresión de las leyes sufren, los que están afuera libran todos los días su guerra interna, la guerra con el vecino, con su parentela, o la guerra entre las naciones. Y sobre tales escenarios, puede anticiparse lo frágil del comportamiento humano, así que nadie está exento de verse involucrado en una tragedia que lo conlleve a padecer los estragos de una prisión.

Tagore aseveraba que “El hombre es malo, pero la humanidad es buena”. Pues resulta que mientras la humanidad, reunidos muchos en una misma congregación para la exposición de sus nobles sentimientos de bondad, de amor y paz, que enaltecen la pureza de su espiritualidad, conforman una masa que se percibe casi santa, al llevarlos a juicio por separado, a uno por uno, a todos se les encontraría culpables. Empero, no hay que perder la fe, pues bajo el amparo de ésta, la humanidad encuentra la convivencia y la paz entre sus congéneres.

El camionero, si bien, no escuchó la agresión altisonante con la que se describen los escenarios de la prisión, tenía muy en claro el tipo de mensaje que quería infundirle, y hasta se le veía con gratitud. Porque en su interior, se había edificado una actitud de mayor razonamiento. Esa disposición no le abandonaría durante todo el camino. Y en los parajes en los que era necesario detenerse, veía momentos propicios para festejarme con los refrigerios que son indispensables para el cuerpo.

Capítulo VI

Después de muchas horas de recorrido, por paisajes diversos y tipos de terrenos, por fin llegamos a un pueblito pintoresco muy hacia el sur del país de México, del cual tenía lejanos informes que se dedicaba a la agricultura y a la ganadería. Como el camionero tendría que aguardar por dos o tres días en lo que hacía contacto con los ganaderos de la región y realizaba los trámites correspondientes para el traslado, así como el embarco de un hato de ganado de muy buena calidad; por la mañana le apoyaba en menesteres de poca importancia y por las tardes, aprovechaba para recorrer el pueblo y sus alrededores.

Al haber pasado muchos años en reclusión, en los que había permanecido en una atmósfera sofocante, bajo la mirada lacerante, aversiva e intimidante de la mayoría de los reclusos, caminar en libertad por aquellas calles, bajo los rayos del sol y la humedad típica de las regiones tropicales, las miradas de los lugareños, curiosas al principio, pero lejos de la descortesía, me proveían el aliento para retomar animosamente mi nueva senda por la vida.

Al tercer día de nuestra estancia en aquel pueblo, se habían realizado los arreglos necesarios y el ganado se había concentrado en el establo. Con afanoso trabajo y palabras altisonantes, un grupo de jinetes se las arregló para realizar el embarque, y al cabo de dos horas, el camión estaba listo para volver sobre su mismo recorrido.

Durante el tiempo que permanecimos en el pueblo, noté que el camionero mantenía un trato muy amistoso con los lugareños y buenas relaciones con los ganaderos de la zona. Parecía como si se conocieran desde hacía mucho tiempo, y en ocasiones se permitían entre sí, ciertos chascarrillos, sin pasar los límites del respeto, directrices esenciales para las amistades sanas y duraderas.

Con el ánimo que se percibía, me acerqué a Marco, y le comenté que había decidido permanecer por algún tiempo en aquella región, que me haría bien retomar mi vida lejos del estrés y aprovecharía para reorganizar mis ideas.

Por un instante me miró y como recordando en una fracción de segundo lo acontecido en mi vida y que durante el viaje le había confiado, tuvo un gesto comprensivo. Y como si de una confabulación se tratase, me tomó del hombro y llamando por su nombre al señor Arturo Vázquez, quién era uno de los ganaderos de renombre de aquel lugar, y con el cual había realizado el lucrativo negocio, me dejaba en su recomendación para que me brindara un empleo en alguno de los ranchos que poseía.

Dado el peso de quienes entre sí a menudo se demandan favores, no hubo objeción alguna, y en respuesta de quien acostumbra a no postergar sus compromisos y se esmera en hacer valer su palabra en el acto mismo, y hace notar su cabalidad entre sus íntimos, el señor Vázquez, inmediatamente mandó por su capataz de confianza para ponerme bajo su encomienda. Apenas tuve tiempo para despedirme de Marco, quien después de un apretón de manos y un fuerte abrazo, como si de toda clase de suerte me colmara, nos dijimos adiós y nunca más volvimos a vernos.

En pocos minutos, el equipo de trabajo que había participado en el embarque se había reorganizado, incluyéndome en ese instante. En ese momento, fuimos conducidos en una furgoneta a una distancia aproximada de ocho kilómetros a las afueras del pueblo, atravesando por entre los cerros y espesa vegetación hasta llegar a una gran finca delimitada por un área de amplio patio. De inmediato podría apreciarse el dinamismo de lo que allí se realizaba. El murmullo de las mujeres que se afanaban en las tareas de la cocina se atenuó al atestiguar nuestra llegada. El mugir de las vacas, el aleteo de las aves de patio y el relincho de un caballo que se encontraba dentro de un establo a muchos metros de la enorme casona, hacían figurarme un recibimiento con júbilo de lo que desde ese momento sería mi nueva vida.

La casona estaba construida casi completamente de ladrillos, cercada por enormes corredores en sus costados y por columnas rematadas por arcos en el corredor frontal, tejas de barro de color rojizo un tanto opacas por la corrosión del tiempo, y amplias ventanas de maderas con cristales translúcidos, adornados con vitrales discretos en los cuales se apreciaban dibujos florales. Por su fachada, me hacían suponer que el dueño del recinto habría traído estos elementos posiblemente desde una colonia europea durante la conquista española, y que posiblemente, la residencia había pasado de generación en generación hasta llegar al señor Vázquez, como su último propietario.

A cien pasos de distancia y hacia la parte posterior de la gran casona, se encontraban varias chozas construidas predominantemente de madera, de medianas dimensiones y pintadas de color blanco. Sus estrechas delimitaciones estaban divididas con cercas de madera, en cuyas bases se distinguían flores diversas. Destacaban mayormente los rojos tulipanes y las violáceas buganvilias, así como plantas aromáticas y medicinales, tales como la albahaca y la ruda, ésta última, utilizada como planta medicinal por sus propiedades digestivas y analgésicas. Estas casas, eran ocupadas por las familias de los trabajadores de mayor confianza, o por familias que se habían trasladado desde muy lejos a trabajar en aquel lugar, y una de las cuales me sería asignada posteriormente.

Habiendo llegado, cada uno de los peones fue ocupándose enseguida en las actividades de costumbre, no así el señor Arturo, quien, acompañado de Aureliano, su capataz, se dirigían hacia donde yo permanecía. Me encontraba un tanto distraído mientras abarcaba con la mirada todo lo que conformaba la hacienda, hasta donde la vista se perdía entre sus límites.

Al percatarme, tomé compostura y pude mirarlos de frente. Por las actividades recién efectuadas y porque el sol hacía dos horas que pasaba por el cenit y, en consecuencia, ocasionaba que el calor fuera sofocante bajo aquella atmósfera despejada, Don Arturo lucía una tez rojiza. No obstante, a la comprensible fatiga, se le veía entero. Aunque claramente pasaba de los sesenta años, su aspecto era vigoroso, de talla superior a la mediana y de tez blanca. No era demasiado grueso, pero dejaba suponer que gustaba de la buena alimentación y de ciertos excesos. Su vestimenta, camisa a cuadros, pantalón de gruesa mezclilla azul, sus botas de cuero y su sombrero alado, denotaban el gusto por el trabajo rudo, y no solamente el de un estilo puramente ranchero, en contraste con la suciedad adherida a su vestimenta. Además, pude figurarme que aquella atmosfera, lejos de crearle irritabilidad, lo ponía de buen humor, pues se le veía afable. Su aspecto era el de una persona a quién se le podía dirigir con correspondida confianza.

Por el contrario, Aureliano era una persona muy reservada, acostumbrado a acatar órdenes y a conducirse con sencillez. De piel oscura y curtida por el sol, de talla alta y corpulento. Aunque su risa era franca y blanca, era un recurso al que poco accedía. Se podía obtener su amistad con facilidad, pero con las mismas reservas que él infundía.

Ya fuera porque mi aspecto denotaba poco conocimiento del trabajo de campo, o porque mi rostro reflejaba una perceptible muestra de angustia, el señor Arturo, en un tono amigable, más que el de un patrón a su jornalero me dijo: —No te preocupes señor … —Pablo, anticipé a presentarme, al tiempo que extendía el saludo de mi mano— Mi nombre es Pablo Solís García.

Bien —continuó— no se preocupe señor Pablo, por el día de hoy ténganse por terminadas las jornadas de trabajo. En lo que resta del día, aproveche el tiempo para instalarse en uno de los albergues destinados a nuestros trabajadores de confianza. Aureliano conoce cada una de las tareas y ocupaciones de lo que en esta hacienda se realiza. Además, su ayuda me resulta considerable en la administración de estas tierras. "Esto último, aunque no fuera de mi incumbencia, lo decía porque al presentarse la ocasión y en merecida correspondencia, elogiaba la lealtad que seguramente éste, le manifestaba ya por muchos años".

Él le dotará de lo necesario —continuó— para realizar las actividades y le ayudará en el conocimiento de las tareas apremiantes que son indispensables desempeñar. Aureliano es un buen hombre, su fortaleza no es el componente sustancial para domesticar al ganado y tampoco para ganarse el respeto y aprecio de sus subordinados, por lo que considero no habrá contratiempos para que usted se integre a nuestra cuadrilla de trabajo.

Bajo sus indicaciones y después de externarle mi gratitud, me puse bajo las órdenes de Aureliano. Durante el transcurso de la tarde, me habituaba a las instalaciones y a la demarcación de la hacienda, así como a las recomendaciones mínimas que a todo nuevo huésped le es necesario conocer.

Al despuntar el alba de aquel mi primer día de labores, el trajinar en la cocina y en las chozas contiguas iba en aumento, por lo que me resolví a salir al patio y aguardar a que se me instruyeran las primeras actividades. La mañana era confortable, a lo lejos y hacia un costado del rancho se apreciaban unos cerros reverdecidos. A poca distancia, había abundantes árboles y vegetación, lo que confería un aspecto de aislamiento a la gran casona. El Sol, asomando sus dedos por encima de los cerros, traía consigo la esperanza.

El berrido de los becerros y el mugir de las vacas al abandonar el corral eran indicios de que la ordeña era una de las actividades apremiantes, y que se atendía desde las primeras horas de la madrugada. Seguramente se me asignaría otra distinta —pensaba.

Después de que se nos ofrecieran unos bocadillos, acompañados de pan y abundante café con espumosa leche de vaca, cuyo aroma me representaba una exquisitez, fuimos conducidos a una cuadrilla integrada por ocho peones hacia los campos en donde pastoreaba el ganado.

Aunque había una clara competencia entre los peones por sobresalir en las jornadas, esta no pasaba más allá que la de mostrar sus fortalezas y habilidades, así que, predominaba el buen humor acompañado a menudo por rechiflas y burlas por situaciones imprevistas.

Ese espíritu libre, desprendido de ambiciones mayores, en el que la felicidad parecía estar proveída por los afanes del día a día, terminó por contagiarme, y mi alma comenzó a sentir el alivio de la purificación.

Así pasaron los primeros meses, en los que de a poco me fui sintiendo de mayor utilidad y confianza en las tareas que a diario se realizaban, y también con el mayor aprecio por el resto de los trabajadores.

En muy contadas ocasiones había mantenido contacto directo con el señor Arturo, por lo que en cuanto se presentó la oportunidad, solicité de su aprobación para que me permitiera impartirles clases de educación básica a sus empleados que en su mayoría no sabían leer ni escribir. Lo alentaba exponiéndole los beneficios que sus peones podrían adquirir, una vez adquiriendo el conocimiento, porque podrían capacitarse en temas de inseminación artificial que por aquel entonces eran técnicas novedosas en aquel lugar, pero que ya tenían buena aceptación en los ranchos del norte. Además, por la dependencia tan importante que el ganado tiene con el cultivo de la pastura, el conocimiento del suelo y sus minerales: tales como los nitratos, el carbono, el silicio, el potasio, entre otros; serían de gran importancia para el aprovechamiento máximo de sus tierras

Con esa y algunas propuestas más sobre lo positivo que podría resultar a mediano plazo, me otorgó su consentimiento. Así pues, tras organizarme y convencer a la mayoría de los trabajadores, emprendí la ardua pero muy satisfactoria labor de enseñar a los adultos. Al cabo de pocos meses, se percibía un ambiente distinto entre el ánimo de aquellas nobles personas, tal cual, la alegría que refleja el niño cuando camina sus primeros pasos.

En lo sucesivo, sólo bastaron algunos meses más para que el esfuerzo rindiera sus mejores frutos. Lejos de algún afán, y de que mi propuesta albergara la intención de congraciarme con el señor Vázquez, y tampoco un acto de filantropía por mi parte, me alentaba un sentimiento de correspondencia por lo mucho que había aprendido y que casi indulgentemente aquellas personas me habían enseñado, ya que carecía en lo absoluto del conocimiento de aquellas labores. Además, mi aprendizaje no concluía con el uso de todo tipo de herramientas y de equipos, y en el desarrollo de las actividades, sino también, por el sentido hacia la vida misma, por el discernimiento natural y casi armonioso del hombre y su entorno, y que en ellos percibía al día a día, de manera natural.

Recuerdo en una ocasión, en que el señor Arturo había adquirido un hato de ganado de buena raza. Entre la manada, se hacía figurar un embravecido toro. Aunque no alcanzaba la edad adulta, ya era capaz de paralizar a cualquiera. Aureliano, quién como ya le he mencionado tenía un profundo respeto hacia los animales y rara vez hacía uso excesivo de la fuerza para someterlos, era el único que por aquella región se había hecho distinguir con el cargo de boyero.

Después de algunos minutos, se hacía caminar de su lado derecho, como si de un amigo se tratase, del más dócil de sus colaboradores, el gran "Goliat". Era un enorme buey de más de mil kilogramos, y de una gran fortaleza.

Con el apoyo de dos jinetes, lazó al enfurecido torete, y tras inmovilizarlo parcialmente, fue mancornado al dócil cabresto.

Lo que a continuación sucedió, se produjo bajo la mirada de todos, incluyendo la del señor Vázquez.

Como si de una cátedra de disciplina se tratase, el gran Goliat comenzó a jalar al indómito torete contra su voluntad y a caminarlo por todo el corral. Al inicio, avanzaba a pasos lentos, al poco tiempo, aceleraba el paso, y cuando sintió dominio de la situación, se detenía a voluntad por algunos instantes, para reanudar con mayor osadía su faena. Aunque el torete ofrecía resistencia al comienzo, pronto empezó a cansarse. Y para terminar su obra magistral, el noble Goliat, inclinando sus patas delanteras al suelo, obligaba al ya vencido torete a imitar su comportamiento con entero sometimiento.

Los aplausos se repartían por igual, un tanto para el boyero por su magnífico entrenamiento, y otro más, para la maniobra que el cabresto dócilmente había realizado.

Esta gran lección, bajo el escudriño de la filosofía misma, o de cualquier análisis del comportamiento humano, significaba para mí, una revelación oportuna, para subrayar que, para hacer valer la autoridad, si bien es preciso el uso de la fortaleza, sea que ésta emane desde el espíritu mismo o desde la fuerza física según sea el caso, tendría que ir acompañada del comportamiento ejemplar, del encauzamiento de los individuos al grado de incitarlos a la imitación de nuestros actos, que para tal caso, encerraba en sí, todo un cúmulo de sabiduría, adquirida a través del entrenamiento de los sentidos.

Como el sol comenzaba a declinar y los ánimos estaban exaltados, bajo la sombra de un enorme Samán, el señor Arturo mandó a uno de sus peones a que dispusiera de una mesa y cuatro asientos de madera, pues la ocasión propiciaba los elementos necesarios para la convivencia y para el gozo del alma.

A sus cocineras ordenó que sirvieran algunos bocadillos, a otro de sus peones le daba indicaciones precisas para traer de una bodega ubicada en el traspatio, una botella de tequila. Con gran presteza, el servicio estaba dispuesto en poco tiempo. Aunque por un momento la botella de tequila permanecía inanimadamente provocativa sobre la mesa, pues ya se habían servido cuatro tarros de cervezas, a intervalos, cada uno se servía una porción de aquella bebida animosa, siendo el primero en efectuar su degustación y sin el menor gesto, el señor Arturo. A mi costado derecho se encontraba el boyero, aquel entrañable amigo del que pude aprender grandes cosas. Del lado izquierdo, se encontraba un pariente cercano a la familia y que se encargaba de tareas administrativas y de los suministros que la hacienda requiriera. Se le conocía como el señor Torres. Nunca supe si tal designación correspondía a un apelativo por su altura y delgadez, o si provenía de alguno de sus apellidos.

Cuando el sol, en su senda inmutable por la bóveda cósmica acariciaba el crepúsculo con sus rayos, y con el aplomo característico de los primeros síntomas de la embriaguez, el señor Arturo inició una larga pero interesante plática sobre su genealogía y que tal vez, los ahí presentes ya habían escuchado de su propia voz, pero que, en aquella ocasión, me tocaría escucharla también.

Todo se remonta a las colonias españolas —aludía — que se habían fundado durante la conquista del sureste mexicano. Mis parientes de varias generaciones atrás mantenían buenas relaciones con la realeza y les había sido posible adquirir al principio, pocas extensiones de tierra, pero con el tiempo se fueron expandiendo. Se habían hecho poseedores de joyas de gran valor y de monedas de igual significancia. Las generaciones posteriores fueron heredando esas riquezas, sin dejar por ello de hacerlas producir aún más.

De los recuerdos memorables que aún tengo presente —refería

con nostalgia— son los de mi abuelo, a quien recuerdo cuando ya estaba en edad avanzada. Era un hombre alegre, delgado, aunque un poco giboso por el peso de los años, denotaba haber sido de talla alta. Su tez blanca, curtida por el paso de los años, permanecía tersa. Su cabello había encanecido parcialmente pero como era demasiado ralo, las canas se entretejían con el tono rojizo del resto de su cabello. Su dentadura blanca, obra de la restauración, le conferían un aspecto bonachón cuando sonreía, y a menudo se dejaba consentir por las adulaciones de las sirvientas que eran conocedoras de su galantería.

En ocasiones, me servía de escudo cuando mi padre, quien muy por el contrario era un hombre severo, intentaba darme una tunda a la menor provocación.

Mi padre fue un hombre muy rudo y nada paciente —recordaba con tristeza— desde pequeño nos introdujo a las labores del campo con jornadas extenuantes hasta para un adulto. En ocasiones, ni las intensas lluvias impedían que se realizaran actividades que consideraba oportunas en ciertas épocas del año, como la siembra de árboles maderables y con propósito de cerco entre los límites con propiedades contiguas. Lo mismo sucedía con la siembra de pastura para el cultivo de los campos, en los que el encharcamiento del agua y el enlodamiento propiciaban dicha actividad. Sin bien, su tenacidad era digna de admirar y hasta por muchos, no logré concebir ni justificar las numerosas veces que padecimos los estragos del hambre, a causa de las largas jornadas.

Aunque a estas fechas le sigo guardando un profundo respeto, y le estoy muy agradecido por haberme enseñado todo cuanto al manejo del rancho se refieren, y, sobre todo, a conducirme con entera honorabilidad por la vida, no tengo recuerdo alguno en el que me haya dicho palabras de afecto y mucho menos de haberse enfrascado en alguna clase de juego conmigo, y mucho menos, de consentirme con muestras de cariño.

Imagínese —decía, en un recuerdo divertido— hasta qué grado

llevaba el ejercicio de la honradez que, en una ocasión siendo yo apenas un niño, regresaba de la escuela de las pocas veces que tuve el privilegio de asistir. El camino por el cual transitaba colindaba con el rancho del señor Juan Hernández. Éste, ocupado en las tareas del cultivo de la piña, al verme transitar bajo los rayos del sol, gentilmente me obsequió un gran fruto. Su única encomienda era que, al llegar a casa, mi madre me la preparara. Para mi sorpresa, el primero en verme a lo lejos fue mi padre. Con inalterable paciencia permaneció de pie en el patio hasta mi llegada. Tras interrogarme a cerca del origen de la piña, y tras escuchar mi insuficiente explicación, me advertía que, si escondía la verdad de los hechos, no se compadecería en darme una paliza. Pensaba que motivado por un impulso puramente pueril, pude haberla hurtado, era un acto que de cualquier manera no quedaría sin enmienda. No convencido, me tomó de la mano y regresamos sobre mis pasos a donde enfrascado en sus faenas se encontraba el señor Don Juan. En el trayecto, bajo aquel silencio sepulcral, rezaba porque éste no se hubiera marchado aún, de lo contrario, no me habría salvado del enérgico castigo. Para mi fortuna, el suceso quedó en el completo esclarecimiento, pues el señor Juan, confirmaba el acto de su obsequio y que conocía de mi honestidad, por lo que sugería a mi señor padre, que no fuera a realizar ningún castigo hacia mi persona, lo que no recuerdo —decía en broma— fue si a pesar del susto, tuve el apetito de saborearme la dulce piña. —Todos reímos.

A tal grado se infligían los valores en aquellos tiempos —continuó— que se lo pensaba seriamente en cometer una falta o pronunciar siquiera una majadería, pero ahora que hemos perdido la brida, la juventud se ha desbocado por completo.

Después de una pausa y con gesto de quien da por finalizada su intervención, considerando que la prudencia así se lo determina, no sin antes haberle hecho pronunciamientos oportunos acerca de su historia, me miró con inclinada suscitación a que revelara los motivos que me habían transportado hacia aquel remoto lugar.

—Coincido con usted mi estimado señor Vázquez —correspondí a su mirada interrogante— que tanto las enseñanzas como la práctica de los valores morales han caído sobre una curva vertiginosa, y me sería difícil encontrar el punto de inflexión en que aún me fueron confiados la custodia y el ejercicio de los mismos, puedo garantizarle que ante usted, tiene un hombre que si bien no ha sido condecorado con los frutos materiales que uno espera atesorar, a merced del esfuerzo, la dedicación, y de las prácticas de los principios de la honorabilidad, puede estar seguro que la generosidad, la honestidad y la lealtad, caminan de mi mano con elevada fraternidad. Mi madre hizo esfuerzos sobre humanos para procurarme una buena educación, y al transcurso de los años logré un título en arquitectura.

En poco tiempo las brechas de la prosperidad cedían a mi paso, y todo confabulaba para procurarme el éxito y el porvenir. Quiso el infortunio tentar la naturaleza de mi alma y un día, al defender la integridad de mi familia en nuestro hogar, el cual había sido invadido por un delincuente, terminé en un acto instintivo por asesinarlo y accidentalmente también a mi esposa.

Verá usted, cuando el ser humano en el transitar de su vida va adquiriendo y perdiendo, ya sea posesiones materiales o relacionadas a las afecciones del espíritu, cuando éstas se presentan bajo un acontecimiento del cual se tiene anticipada sospecha y se desarrollan con precavida lentitud, se produce un sentimiento de transición sobre el cual, se construye la hipótesis de que dicho acontecimiento representa un proceso natural y de la propia existencia humana, y el inconsciente, muy a pesar nuestro, nos dicta las directrices para hacer llevadero el duelo. Lo que en una sola palabra determinamos como: "resignación".

Sin embargo, cuando todo nos es arrebatado de golpe, sin la posibilidad de anticipar la caída y la desdicha, cuando el desconcierto y la aflicción se han aliado para sofocarnos aterradoramente, no hay cabida para asimilar los acontecimientos y predisponernos a la resignación y en su defecto, con el peso del aturdimiento, terminamos por perturbarnos infinitamente.

Ya en mi aislamiento, tras el resguardo de aquellos barrotes, la soledad comenzó a asustarme. Comprendí la dimensión de la tragedia y esa poca esperanza que al inicio me acompañaba con la posibilidad de una solución favorable, terminó por abandonarme, no sin que antes, lo hubieran hecho mis amigos, y a petición mía, conseguía la de mis consanguíneos también.

Al transcurrir los primeros meses de mi encarcelamiento, me convencía de a poco, sobre algunas ideas que anteriormente no tenía bien fundamentadas, respecto a la fragilidad en que se sustentan los sentimientos de las personas allegadas, de amistades y hasta de parientes cercanos:

Cuando una persona alcanza la cumbre del éxito y se encuentra posicionada en una jerarquía sobresaliente, ya sea en los terrenos de la aristocracia, en el eclesiástico, e inclusive en los que agrupan toda clase del saber humano, como la ciencia misma; esta persona, se encuentra bajo el abrigo de toda clase de cumplidos, ofertándoles todos una lealtad y una amistad más allá de lo inquebrantable, y cuando de repente, se encuentra con las vestiduras rasgadas y comiendo el polvo, termina por convencerse que existe un sentimiento mórbido y casi de placer, en las personas que atestiguan su caída, sobre todo, cuando sus logros son eclipsados notoriamente por los nuestros.

Si tienen la oportunidad, querrán al inicio hacerle creer que en verdad están profundamente consternados, pero en general, casi siempre obran en su propio beneficio, como un encargo para aliviar el peso de sus culpas, o por el cumplimiento de un mandato eclesial, pero acto cumplido, no representará más que un episodio incómodo del que les resulta conveniente desprenderse. Y cuando se presente la oportunidad para resaltar su desdicha, no dudarán en señalarle, y lo harán, hasta con un inclinado sentimiento de envanecimiento". Y se les oirá murmurar: "Mira aquel que era..., que poseía..., que ostentaba... ¿en dónde se encuentra ahora?

Al perder mi libertad, mi estimado señor, lo perdí todo. Todo me fue arrebatado, mis finanzas se esfumaron en un procedimiento jurídico del que no se logró fruto alguno. Sólo un lejano recuerdo de mi hija Sonia, de quien dejé de tener noticias cuando aún era muy pequeña, es el que me instiga y me tortura a la vez. Deseo buscarla, referirle los detalles del acontecimiento y limpiar la honra de su madre.

Ahora bien, aquel cascarón vacío que fue expulsado a la libertad después de muchos años de encarcelamiento ha encontrado en estas nobles gentes el confortamiento para un nuevo comienzo. Con el ánimo renovado, he considerado volver a la ciudad para dar cumplimiento a mi propósito.

Aunque no abundé con los detalles tristes de aquel acontecimiento para no deslucir la agradable reunión, no les fue posible disimular las miradas de condolencias hacia mi persona, como si se unieran a mi duelo en un gesto de humanidad.

Pasaron algunos segundos en silencio y con tono complaciente, como si mi platica hubiera develado una interrogante que era conveniente esclarecer, el señor Arturo, me manifestó palabras de fortalecimiento, seguidas por las de mi amigo el boyero y las del administrador.

Aunque no se habló de algún tema de mayor importancia, la reunión continuó con mayor inclinación hacia un propósito de embriaguez más que el de cualquier otro, y el ambiente se percibía con honesta fraternidad. La tarde cayó con profunda pesadez y después de que el señor Vázquez anunciara con insinuada suficiencia que era el momento de retirarse, se marchó en compañía del administrador. Al cabo de pocos minutos, Aureliano y Yo, actuamos en la misma conveniencia.

Desde aquella tarde, pasaron varios meses en los que el trabajo continuó con igual intensidad y casi en las mismas actividades. Motivado por mis conocimientos en arquitectura, aporté mis servicios en la reparación de los establos, de las casas de los huéspedes y en menor medida, de la gran casona, gesto que me valieron un mayor aprecio por parte del señor Vázquez. Habían pasado poco más de tres años desde que me instalé en aquella hacienda, mis manos estaban hechas una lija y mis brazos fuertes como un roble, lo que me provocaba cierta satisfacción. En otros tiempos tal vez, en la época en la que me rodeaba de un círculo de amigos, quienes realizábamos un trabajo de índole administrativo e intelectual, me hubiera causado congoja, pero en ese momento, era motivo de orgullo. Un hombre forjado al calor del sol y con el trabajo rudo.

Bajo aquellas jornadas extenuantes, no recuerdo haber padecido una sola noche de insomnio, y llegué a pensar que tal padecimiento, es consecuencia de la ociosidad física, aunado al estrés ocasionado por la actividad en las grandes ciudades.

Mi condición económica no había mejorado notoriamente, pero me era suficiente gracias a mis ahorros, de proyectarme en nuevos cálculos. De cualquier manera, mi propósito en aquella hacienda no era la de amasar fortuna, si no la de desintoxicar mi alma. Además, después de haberme alimentado con migajas y deshechos durante mi encarcelamiento, habría trabajado gustosamente únicamente por comida, que en aquella casona se servía en abundancia y saludable, lo que había fortalecido mi endeble cuerpo.

Toda esa atmósfera me había constituido en un hombre

renovado, fervoroso y agradecido, capaz de conquistar el mundo acompañado únicamente de esa infinita motivación que me invadía por completo.

Lleno de esa espiritualidad, me emocioné hasta los huesos y un escalofrío recorrió por mi cuerpo cuando me resolví a volver a la ciudad.

Durante todo ese tiempo, me había sido necesario adquirir algunos artículos personales sólo para rescatar la dignidad de mi apariencia. Ropa, calzado y algunos otros para mi acicalamiento, por lo que una maleta pequeña me era suficiente.

Después de haber informado a Don Arturo con algunos días de anticipación, llegado el momento de nuestra despedida, los sentimientos de nostalgia no podían ocultarse, y mientras aguardaba en la sala de aquella gran casona, me distraje observando en su interior, el mueblaje y los objetos con que se decoraba:

De la techumbre, pendían dos ventiladores de hermosa decoración, su estructura principal era de metal y estaban recubiertas por un color dorado, mientras que sus aspas de oscura madera tenían incrustaciones de un tejido de pajas en sus centros. De su cabezal, pendían dos cordones de seda, con los cuales, se podían controlar el apagado y encendido de sus cuatro lámparas, al igual que el funcionamiento de la ventilación.

De sus paredes pendían más de diez cuadros de madera de tamaño aproximado de cuarenta centímetros, en cuyo interior y cubiertos con limpios cristales, se exponían en algunos, retratos a bustos, y en otros, pinturas sobre lienzos. Todos, en la gama de los tonos grises.

Por los rasgos fisionómicos, se podía deducir que correspondían a los ancestros de la familia.

En el centro de la sala yacía una enorme mesa de madera de cedro, bellamente embarnizada con un color rojo oscuro, permanecía soportada por dos gruesos trípodes de la misma madera y cuyos mástiles lucían un grueso torneado por arriba de sus patas. A su alrededor, ocho asientos de madera con los mismos acabados hacían juego con aquel bello comedor.

Los sillones, estaban elaborados con gruesa y oscura madera, aunque en sus respaldos estaban soportados por un tejido de paja, sus asientos estaban cubiertos por cojines de tela decorada, predominantemente con flores anaranjadas.

Otras decoraciones saltaban a la vista, tales como, una cornamenta de venado que colgaba sobre una pared, una réplica de Don Quijote de la Mancha de Vincent Van Gogh, y una réplica en miniatura de la última cena de Leonardo da Vinci. Sobre un pequeño librero de madera se encontraban algunas aves disecadas, tales como búhos, aguiluchos y gavilanes, y en su interior, algunos libros viejos, en los que pude apreciar además de una Biblia, Cuentos de Navidad por Charles Dickens, El Retrato de Dorian Gray por Oscar Wilde, Historia entre dos ciudades, también de Dickens; entre otros.

Después de esperar por algunos minutos, hacía presencia el señor Vázquez con un pequeño baúl, su tamaño era apenas el de las dos manos abiertas y juntas una de la otra. Aunque la madera posiblemente era antiquísima, los cortes gruesos de su diseño le conferían un aspecto de robustez. Al abrirlo en mi presencia, y mostrarme que se trataba de una medalla religiosa forjada en oro, me explicaba que había pasado de generación en generación y no podría fechar su antigüedad ni precisar sus orígenes.

Mis observaciones constataban sus referencias, pues los relieves de la imagen incrustada en el medallón no conservaban la finura que se logra con las técnicas actuales, deducía entonces que podía haberse forjado artesanalmente muchísimo tiempo atrás. Dos eslabones sueltos dividían la gruesa cadena en tres partes, razón por la que posiblemente, había permanecido sin el mayor interés durante mucho tiempo.

Después de tomar varios billetes de mediana denominación y colocarlos dentro del pequeño baúl, comprendí que la finalidad de la medalla no era la de pretender mostrarse demasiado obsequioso, y, por el contrario, albergaba el propósito de servirme como un tipo de amuleto protector al que le confiaba con sus buenas intenciones, mi futuro proceder. Con trémulo en su voz, se mostró agradecido por mi trabajo y mis aportaciones, por lo que se sentía en la correspondencia de compensarme con algo de dinero, mismo que me fuera de utilidad para instalarme y afianzarme en mi nuevo propósito.

No hice más que devolverle mi gratitud en un modo consternado por lo mucho que había significado el haberme brindado su confianza y esa oportunidad de "rehabilitación".

Con sentimientos de alegría, tristeza y nostalgia, me despedí de cada una de aquellas nobles personas. De las cocineras, los peones, el administrador, de mi amigo el boyero, y de nueva cuenta estrechaba la mano del señor Vázquez. Y mientras caminaba hacia el umbral de la puerta que conducía al corredor frontal, estaba por presenciar un acontecimiento que considero, estaba motivado por un gesto de profunda espiritualidad.

En el límite del patio, en la viga donde remataba el tejado del corredor, al costado derecho de la casa, pendía de un hilo de seda una jaula cilíndrica. Su tamaño era aproximadamente de cincuenta centímetros de diámetro por setenta y cinco de alto. Estaba construida con un enrejado metálico y rematada en su parte superior por un domo de latón, en cuyo interior, revoloteaban dos jóvenes alondras.

Estas aves, que pertenecen a la familia de los paseriformes y en los que se incluye además a las calandrias y las cogujadas, son de talla mediana y plumaje llamativo en tonalidad marrón. Por ser un ave diurna, comienza su actividad al despuntar el alba emitiendo una serie de cantos complejos y llenos de alborozo.

En una tarde que caminaba por el patio, advertí como el señor Vázquez y su esposa la señora Isabel Aragón, de quien no he tenido la oportunidad de platicarte, alimentaban a las aves con una ración a base de semillas de girasol de las que se cultivan desde el centro y sur de América: "las cuales se distinguen por sus tonalidades típicas de rayas negras y blancas", no pude resistir acercarme para observar esos bellos ejemplares.

La señora Isabel, a quien se le veía siempre de buen humor, una mujer generosa y de mirada amable, me explicaba que las había recibido como un regalo de su prima Esmeralda, una joven a quien estimaba mucho.

Aunque estaba fascinada por el canto de las aves, se le veía un tanto mortificada por tenerlas cautivas, y descuidando el hecho de tener pleno conocimiento de mi pasado como presidiario, solicitaba de mi opinión respecto a sus enjaulamientos.

En mi opinión —le respondí con desasosiego— las circunstancias en mi vida se encargaron de someterme a esta condición. Créame al decirle que permanecí el tiempo suficiente para convencerme de que aun los condenados al encierro por una eternidad conservan una línea de esperanza que solo la muerte puede arrebatarles, y nadie sobre su propio convencimiento, termina por acostumbrarse al cautiverio sin respirar anhelando la preciada libertad. Aún hoy en día, al observar esta escena, no deja de provocarme cierta claustrofobia.

El señor Arturo, advirtiendo mi sugerida insinuación, arremetió con digno conocimiento de causa que sabía sobre la opinión de algunos etólogos respecto de los animales en cautiverio que, al ser liberados a su vida silvestre, sufren de adaptación al medio ambiente y que en muchas ocasiones los conduce hacia su muerte.

Su observación es muy acertada —asentí— y además abriga un gesto de compasión por su parte, pero aún con tal objeción, no debiera de privarse la oportunidad a las aves, a disfrutar de la preciada libertad y a que ellas mismas lo descubran.

La naturaleza es prodigiosa —continué— y siempre obra en favor de la vida. Y con el ánimo de mitigar su preocupación, le hice saber que esos pájaros son terrestres y de vuelo bajo, que su plumaje los oculta muy bien de los depredadores, y que, además, al ser su alimentación a base de insectos y semillas, les sería fácil de obtener en aquellos vastos campos.

El asunto había quedado en el olvido por algunas semanas, pero seguramente seguía perturbando el espíritu de aquella noble mujer, y aquella mañana, antes de mi partida, con ánimo decidido, me solicitaba cortésmente a que aguardara por un momento.

Todos observamos en silencio el acto compasivo que estaba dispuesta a realizar, y al acercarse lentamente hacia la jaula, después de deslizar hacia arriba la puertecilla corrediza, tomó con ambas manos un primer ejemplar. Avanzó unos pasos hasta liberarse del tejado, y en dirección al enorme Samán, abrió lentamente sus manos. El ave no dudó un instante y voló hasta posarse en una de las ramas no muy altas del enorme árbol. Permaneció unos instantes revoloteando y dando pequeños saltos entre las ramas, dando la impresión de no estar dispuesta a abandonar a su compañero, tiempo suficiente para que la señora Isabel, repitiera la misma operación y dejara en libertad al segundo ejemplar.

Cuando las dos aves se posaron en la misma rama, en un

intercambio de aleteo lo más parecido a una danza, volaron en dirección a unos arbustos hasta perderse a la vista de todos.

La señora Isabel, en cuyo gesto parecía haberse desprendido del peso de una lápida, sonreía felizmente en completa alegría, y en honesta complicidad fue proseguida por todos los que ahí le presenciamos.

De su noble gesto, y que por sí sólo testificaba con fe y esperanza la grandeza de la naturaleza humana, fue innecesario emitir comentario alguno, así que me volví sobre el señor Vázquez y su esposa, y mostrándome en la postura de que había llegado el momento de partir, dio indicaciones a uno de sus peones para que ejecutara la encomienda de llevarme en su vehículo al pueblo, de donde posteriormente tomaría el autobús que me conduciría a la ciudad.

Al encontrarme en el poblado y habiéndome cerciorado de que había un tiempo considerado para la partida, comencé a caminar por una de las calles cuya pendiente muy pronunciada, conducía a una iglesia construida a los márgenes del cerro. Durante mi instancia, no había tenido la oportunidad de visitarla y con mi pronta despedida, consideraba un momento propicio para hacerlo.

Nunca había sido tan protocolario cuando me adentraba en esos recintos, y de pronto me encontraba de pie, hincado, o sentado en alguna ubicación desde donde podría realizar mis plegarias y mis observaciones.

Aquella ocasión no fue la excepción, al observar su elevada techumbre pude notar que estaba soportada por una estructura completamente de madera, y por su color característico, el marrón rojizo, deducía que en aquel lugar se tenía una predilección por la caoba. Aunque las correas soleras, la cumbrera, los tirantes, los pendolones y la lima hoya aún se conservaban en buen estado, no así algunos refuerzos como: los cabrios y algunos delgados listones que parecían haber sido reemplazados por otro tipo de madera, posiblemente cedro o pino. Sobre esa estructura, que formaba un inclinado caballete, descansaba el viejo tejado de barro.

Sus paredes, aunque recubiertas por rustico mortero, tenían áreas que dejaban al descubierto el ladrillo rojo con el que se habían edificado. Tres ventanas de madera de elevado tamaño con diseño de arco se empotraban en cada uno de sus costados, y a esa hora del día permanecían completamente abiertas.

En su interior, una rápida inspección me había proporcionado un inventario completo de las piezas religiosas que ornaban el recinto. Mi atención se vio atraída por el Santo de Asís. Su inconfundible sayal atado a la cintura por aquel sencillo cordón, su postura humilde, que reforzaba los votos de su pobreza y de la vida desprendida que había decidido llevar, me hicieron recordar al Fioretti, al lobo de Gubbio, al parloteo de las aves y de esas historias fantásticas que había escuchado en torno a aquel Santo, cuando aún era yo muy joven.

¿Por qué en muchos de estos iluminados la búsqueda de la salvación está representada por un extremo desprendimiento material? ¿Será el único camino que conduce al descanso del alma y a la clarividencia de los misterios divinos? —pensaba.

De cualquier manera, esas interrogantes no lograban perturbarme mayormente. Mi condición no me certificaba en mayor posesión material y solamente en la de un ilusionado que anhelaba recuperar un poco de dignidad para acudir a donde su hija y obtener su perdón. La imagen humilde del Santo Varón, que se me figuraba como en complicidad de mi precaria situación, me hicieron caer por un instante en postración en señal de profundo respeto.

Al levantar la mirada y observar la figura del cristo a su costado, crucificado en el madero, humillado, despreciado y lacerado, aquel que padeció un sufrimiento más allá de lo imaginable, deshacía mis interrogantes en total mutismo.

Aquel que sanaba a los enfermos, expulsaba a los demonios, resucitaba a los muertos, el Todopoderoso, reducido al mínimo por los hombres, por mis congéneres ¿tendría yo acaso el valor de recurrir al por qué de mis angustias? Esos pensamientos me hacían indigno, incapaz de elevar mis plegarias.

Pero algo había en ese gran hombre, a pesar del escarnio y las aberraciones en su contra, nos había concedido la redención. ¿cuán grande debió haber sido su amor, que aún en su último aliento nos ofrecía la salvación eterna a través de su perdón?

Esas conjeturas daban respuesta a las dudas que oprimían mi corazón cuando estaba en reclusión, las que surgían respecto a la continuidad de mis faltas y el otorgamiento del perdón. Simplemente el perdón está ahí, —pensaba— es inmutable, es una fuente inagotable al que el sediento puede acudir cuando la necesite.

No habría la necesidad de comprometerme a nada, y si hubiera sido necesario, sería conmigo mismo. Aquél, el Omnipotente, no necesitaba de mis frágiles promesas. Solo bastaba con aceptar mi condición humana y pecadora, hacer una retrospección en busca de mis faltas, enlutarme por ellas, rogar por la absolución y continuar mi camino en busca de la añorada felicidad, la cual considero, es un sentimiento que no puede edificarse en el exterior para luego albergarse en los adentros, y por el contrario, emana de los actos de nobleza, de generosidad y de amor practicados hacia nuestros semejantes y a la creación misma, y quizás de ahí el precepto: "…y a tu prójimo como a ti mismo".

Esas reflexiones, que de ninguna manera podría considerarlas como una oración, me provocaban una completa tranquilidad y un espíritu liberado, que podía reanudar en mi lucha sin ataduras. Sin embargo, esta libertad tendría que asumirla con entera responsabilidad, y desde ese momento, se me manifestaba como el mandato al cual tenía que sujetarme.

Al contemplar por unos minutos la imagen inmutable de aquellos iluminados, abandoné en silencio y lentamente el apacible recinto, y aunque podría anticipar la inquietud que me aguardaba en la ciudad, podía coparticipar por unos instantes de manera metafórica, de la hermandad del santo de Asís, con el hermano lobo, el hermano buey, las hermanas ovejas, y todos, en un gesto de armonía con el mundo entero.

La tarde había caído con pesadez, y el ocaso se despedía en el horizonte maquillando a su paso con los matices rosados de sus rayos, los confines de la bóveda celeste.

El anciano se veía visiblemente cansado, el haber recurrido a una pausada y entonada narrativa, en la que imprimía además nítidos recuerdos y sentimientos, había ocupado largas horas hasta lograr exponer los acontecimientos de su éxodo, su rehabilitación y su regreso de aquel lejano pueblo. A pesar de su lucha interna contra los achaques de la vejez, en su rostro se dibujaba una sensación de satisfacción y al mismo tiempo de agradecimiento, pues el desahogo que su dramática confesión le procuraba se debía en parte, a su paciente interlocutor, a quien ahora, le tomaba en mayor estima.

Ambos atravesaron la plazuela del parque y al transcurso de dos cuadras, las anhelaciones parecían no favorecer a los esfuerzos del anciano. Les fue necesario detener la caminata y ocupar asiento en la acera de la calle.

Después de varios minutos y antes de continuar con la caminata, el joven Octavio en su discreto propósito y no sin el temor de ganarse la desconfianza de Pablo, lo indagó.

—Estimado Pablo, sabes bien que no puedo ofrecerte mayor ayuda pues carezco de fortuna, y no puedo sufragar los gastos de algún médico, pero si tú lo consideras puedo intentar localizar a tus parientes cercanos y…

—¡No, no lo considero Joven! No en esta etapa de mi vida —interrumpió el anciano, con el rostro descompuesto y con una mirada que reflejaba su desdicha

Mi sola presencia les acarrearía molestia. Sería un estorbo en sus vidas. No tengo nada que ofrecerles, ni siquiera honestos sentimientos. Sería mejor que todos continúen con sus sendas y no tengan que ocuparse de un pobre viejo.

Además, de la familia de mi amada esposa Elisa Martínez de la Rosa, no puedo más que atenerme a su rencor, pues como ya es de tú conocimiento, de cualquier manera, fui el que perpetró su muerte y eso no puede tenerse por menos.

A mi hermana Hortensia Solís García, si es que aún vive, no me sería sensato crearle una perturbación con mi presencia y ocasionarle con mi deplorable condición un mayor sufrimiento. De cualquier manera, le guardo un enorme respeto y agradecimiento porque seguramente habría forjado en el camino correcto, la educación de mi hija, quien además habrá formado su propia familia.

Aunque sus razonamientos eran propicios, las palabras buscaban su propio convencimiento, y en un lastimoso suspiro, concluyó:

—Dejemos que las cosas sigan su marcha, que el destino siga sobre sus trazos. Además —retomó con mayor ánimo—, aunque usted mi querido amigo, dice no tener nada que ofrecerme, permítame decirle que está usted muy equivocado, usted me ha ofrecido algo que las personas difícilmente dan sin obtener nada a cambio, y eso es el tiempo. Usted ha sido paciente conmigo y me ha otorgado su compañía ¿cómo no he de estarle agradecido por ello? ¡Usted es una gran persona y llegará lejos! créame en lo que le digo. ¡Dios compensa a los que elije! y Dios lo ha elegido a usted.

Los halagos del anciano y el júbilo del joven eran muestras de un mayor ánimo. Y cuando Pablo hubo recobrado el aliento, ambos continuaron la caminata. Al cabo de algunos minutos y después de haberse despedido en la entrada del vecindario, Octavio se encaminó hacia los apartamentos de su amigo Esteban.

Capítulo VII

Al llegar a veinte metros por donde se alojaba, podía escuchar el sonido inconfundible del violonchelo. Pasaban las siete de la noche y a esa hora, cuando había desahogado las actividades apremiantes relacionadas al estudio, Esteban dedicaba horas a la práctica del instrumento, como aficionado.

Lo había recibido de su abuelo como un regalo y tras aceptarlo, había pactado en cambio, el compromiso de tocarle en su funeral. Su abuelo Anselmo, siendo un aficionado a la música, no había logrado destacar en la ejecución de la guitarra, instrumento con el que se había iniciado y con el cual llegó a sentirse identificado. El violonchelo se le figuraba un instrumento mágico y hasta lleno de misterio, pero requería de paciencia y habilidades con las que ya no contaba. La oportunidad de hacerse del instrumento le llegó con la vejez, cuando la viuda esposa de un músico profesional se lo vendió de segunda mano a un precio asequible.

La tapa, elaborada con madera de abeto estaba bien conservada, no así la caja que en su parte posterior presentaba algunas ralladuras al igual que en sus costados, sin embargo, su sonido realmente era mágico.

Después de insistir por tercera vez en la puerta, por fin apareció Esteban.

Sus negros lentes oftálmicos y su barba abundante y completamente negra le brindaban un aspecto bonachón y hasta de intelectualidad. Aspectos que sobresalían cuando sonreía y que en ocasiones lo hacía, sin que las circunstancias crearan el motivo, a tal grado su jovial personalidad. Su cabello era abundante y negro, y si no fuera por el ensortijado que lo hacía verlo más corto, le llegaba hasta sus hombros cuando lo mantenía suelto.

—¡Por fin te apareces, gandul! —exclamó Esteban, con una sonrisa festiva—. Hace días que desapareciste de la escuela y nadie te ha visto. ¿En qué te ocupas ahora? ¡Pero vamos, pásale, no te quedes ahí parado!

Aunque la noche recién iniciaba, calzaba pantuflas y vestía un pantalón de franela con un estampado a cuadros blancos y azules, una playera de algodón en color blanco, y una bata sobre puesta y sin abotonar en color azul oscuro.

En tal apariencia, podría decirse que se había dado una ducha y se preparaba para dormir, sin embargo, cuando no tenía programado salir a ninguna parte, le gustaba ponerse cómodo y ocuparse en todo lo que le apasionaba, evitando de esa manera, repetir los episodios en que, dominado por el cansancio, se dormía vestido y hasta con los zapatos puestos. Ya sea sobre la mesa de trabajo, el diván, o tendido boca abajo sobre la cama. En verdad era un joven virtuoso y destacado. Había salido del pueblo para estudiar ingeniería y procuraba mantenerse en un nivel sobresaliente.

Su familia no era rica, pero hacía sacrificios para procurarle lo necesario y ayudarle en su propósito, no obstante, explotaba sus habilidades para abrirse paso por cuenta propia.

—¡Podrás creer Octavio! —exclamó entusiasmado— he conocido a dos nuevos amigos, son grandes personas y además talentosas. Uno ejecuta el piano y el otro ejecuta el contrabajo, ambos muy buenos en lo que hacen. Pues bien, nos hemos sentado a platicar y hemos coincidido que con algunos ensayos podríamos tocar en algunos clubes y bares de la ciudad. Ya sabes, música de varias épocas y adaptaciones de algunos géneros rítmicos, como el bossa-nova, chachachá, rumba, mambo, en general, música para propiciar una agradable velada.

Solo nos falta la integración de un baterista para formar el cuarteto, aun así, hace algunos días tocamos algo improvisado para el ejecutivo del coco-bongo. Una canción que a nuestro juicio la eligió para probar nuestro talento, seguro la habrás escuchado: "Garota De Ipanema". En una animada demostración, tomó el arco con la mano derecha, apoyó la pica del instrumento en el suelo y sujetando entre sus piernas el violonchelo, sentado en una esquina de la cama comenzó a ejecutar el romántico Bossa Nova, mientras que, con su pie derecho, realizaba los sonidos del compás. Al terminar con la primera estrofa, se detuvo ufano, y con una sonrisa casi infantil, exclamó: ¿qué te parece estimado amigo?, ¿crees que pueda arrancar los aplausos de un público exigente?

Octavio, que durante todo ese tiempo parecía haber estado presenciando un recital escolar, en un justo merecimiento, no dejó en el descuido elogiar la actuación de su brillante amigo.

—¡Eres genial, mi buen amigo!, no puedo negar que tienes el talento. Yo mismo podría darte algunas monedas si no hubiera contraído nupcias con la señora miseria. —Jajaja, rieron ambos, en una completa comprensión de las dificultades que en ocasiones se padecen, cuando aún sé es un estudiante.
—Cuando te hayas instalado —continuó en un gesto de mayor seriedad— iré a verte, seguramente me paso una velada agradable. Estoy seguro de que podrás tener éxito en la empresa de la música, pero por ahora, vengo a verte por otras razones.

En primer lugar, necesito de tu apoyo para ponerme al corriente con los últimos temas, no quisiera verme perjudicado y tener contratiempos al final de nuestra carrera. ¡Estamos cerca de llegar a la meta de un arduo camino!, ¿no lo crees?

Por otra parte, voy a exponerte rápidamente que, desde hace algunos días, me he visto envuelto por un acontecimiento digno de una novela dramática, trágica y sumergida en la desdicha y la tristeza.

Aunque es imposible predecir un final feliz, quisiera rescatar un poco de dignidad de esta desgracia. Pues bien, el asunto es que necesito averiguar sobre una persona de nombre Sonia Solís Martínez.

Nadie tiene por menos entendido, de tus habilidades informáticas y del grupo de chicos con los que te rodeas para la ejecución de ciertas actividades de dudosa legalidad. Tu capacidad será de gran ayuda para la obtención de los datos que permitan intervenir humanamente en este caso.

Yo por mi parte, haré otro tanto al respecto, pero por el momento, la situación reclama un acto compasivo para un amigo de edad avanzada, relacionado al mismo suceso y que la está pasando mal. Aunque ya conoces parte de la historia, los detalles precisos podré revelártelos en un momento de mayor calma.

Después de escribir los nombres y apellidos de Elisa, Pablo, Sonia, Hortensia y sus respectivos parentescos, y de exponerle los motivos a grandes rasgos—procedió.

Te dejaré esta tarjeta que contiene los datos que he logrado recabar y que te serán de gran utilidad. Cuando tengas alguna información, te pones en contacto conmigo.

Después de depositar en sus manos la pequeña cartulina, se despidió y se encaminó a su apartamento.

Recostado en su cama, en espera del dulce sueño y con las palabras de Pablo revueltas en su mente, procuró la calma. El día había sido provechoso para ambos, el uno en alimentar las ansias generadas por la curiosidad y el otro, en aliviar la carga de sus pesares. Sin embargo, al desestimar las recomendaciones de su amigo, en cuyo propósito mantenía con nostalgia el deseo de morir lejos y en el completo anonimato, él, se dejaba guiar por los preceptos de su corazón, y confiando en las habilidades de Esteban, albergaba la esperanza de un encuentro entre el desdichado y los suyos.

Propiciaría con su intervención, que el alma aligerara su peso antes de abandonar el deslucido cuerpo de su amigo —pensaba ilusionado.

Pasó la noche y al caer la tarde del día siguiente, Octavio acudió al departamento de Esteban. Éste le había anticipado que tenía algo importante que comunicarle.

—¡Tego buenas noticias amigo! —le anunciaba Esteban— Ufano de sus capacidades, continuó:

—He reducido al mínimo la lista de personas que he obtenido a través de los algoritmos y procesos de búsqueda, valiéndome de las relaciones de parentesco que me has proporcionado, ha sido favorable nuestro propósito. Pero eso no es lo más importante.

Esteban parecía disfrutar al jugar con la curiosidad de su amigo y lo mantenía en el suspenso. En su sonrisa parecía encubrirse una sorpresa.

—¡Te he concertado una cita! —reveló con entonada complacencia.

—¡Cómo!, ¿una cita? ¡No entiendo! —objetó desconcertado Octavio.

—Dentro de cinco días, el viernes por la mañana para ser preciso, podrás encontrarte de frente con la mismísima Sonia Solís Martínez, la hija única de tu añoso amigo, el señor Pablo Solís García.

—¡Pero! ¿Cómo?, ¿cómo le has hecho? —objetaba entusiasmado Octavio, sin atenuar aún por completo, su asombro.

—Después de realizar numerosas llamadas pude dar con la señora Sonia.

Cuando haya terminado de explicarte —continuó Esteban en el dominio de la conversación— podrás comprenderme y estarás de acuerdo conmigo que la forma en que he procedido ha sido la correcta, pero por el momento, deja que te explique. Pues bien, para no fungir como tu intercesor, cosa que propiciaría acudir a largas explicaciones hacia la señora Sonia, y que además atraería incertidumbres al caso, he usado tu nombre. Me he hecho pasar por ti. ¡Honrado debieras de estar conmigo por haber dejado tu nombre muy en alto!

La señora Sonia, quien al inicio se mostró muy incrédula, no dejó de manifestar su interés en el tema, así que cuando su asombro se hubo disipado y su desconfianza fue sustituida por la ansiedad, pudimos hablar casi hasta con enternecimiento.

Para su convencimiento, supuse que los rasgos físicos del señor Pablo serían descripciones inútiles dado que ni ella misma ha logrado conocerle, por lo tanto, hice acertadas referencias al mencionarle que sabía de su nombre por boca propia del señor Pablo, quien, al haberme llegado a considerar como a un verdadero amigo, me había referido los nombres de su hermana Hortensia y de su esposa Elisa. Datos sustanciales por medio de los cuales había logrado contactarle.

Además de tu nombre le he dado tus rasgos fisionómicos, así que mucho ayudaría por el momento que no alteres tu apariencia. No se te ocurra rasurarte la barbilla y el mostacho, modificar tu peinado o procurarte fina vestidura —reía, presuntuoso.

Octavio se había quedado perplejo. Si por un momento se le veía emocionado, en otro tan breve, al no esperar con tal prontitud los nuevos acontecimientos, se le veía angustiado.

—No te preocupes amigo —lo alentaba Esteban al notar su perturbación—, has hecho un gesto humanitario y estará de Dios que las cosas tengan un desenlace en el que se logren rescatar los sentimientos más ligados a la dignidad.

—Te estoy muy agradecido —correspondió Octavio—, no tengo en menos tus habilidades y tu disponibilidad para brindar pronta ayuda, has hecho una gran labor y me estoy en deuda contigo, pronto nos volveremos a ver y podremos platicar con mayor calma, por el momento, otros asuntos me reclaman.

Una vez Esteban le proporcionó las características fisionómicas de la señora Sonia y le abundó en los detalles de la cita, Octavio se despidió y partió con rumbo al vecindario. La noticia seguramente caería en el agrado de la diligente Catalina.

Al llegar al vecindario y al ingresar a su despacho, pudo darle cuenta de los últimos acontecimientos de cómo, valiéndose de la ayuda de su amigo Esteban, le había sido posible hacer contacto con la señora Sonia, y dentro de pocos días, iría personalmente a buscarle a la terminal de autobús y traerla junto a su padre.

Catalina, al punto de la noticia se emocionó hasta los huesos. Anticipaba los matices sentimentales que, una vez llegado el momento, la escena provocaría entre unos y otros.

Sus conjeturas fueron interrumpidas al recordar que en el transcurso de la mañana había notado a Pablo en un visible estado de decaimiento.

Al notar el cambio en su semblante, Octavio la interrogó:

—¿Qué sucede Catalina? ¿Qué te ocurre?

—Tengo un mal presentimiento —contestó alarmada mientras ambos abandonaban el despacho—, pero no hagas mucho caso, solo ha sido un mal presagio.

Hoy por la mañana observé una gran mariposa negra revoloteando por el pasillo. Motivada por la curiosidad, avancé unos pasos y pude atestiguar cuando ésta, tras unos segundos en su interior, abandonaba la habitación de Pablo, continuó revoloteando en el pasillo por unos segundos más, y al notar mi presencia, se alejó hasta perderse en el tras patio.

¡Mucho se dice en torno a la presencia de esos animales de mal agüero! —concluyó.

—No hagas mucho caso Catalina, esas historias no tienen ningún fundamento, seguramente el pobre insecto huía de los depredadores e intentando ponerse bajo protección, buscaba refugio en algún lugar oscuro.

—Con fundamento o no —debatía ésta en defensa de su misticismo—, lo cierto es que desde ese momento y en toda la mañana Pablo no ha salido de su habitación. Me acerqué al medio día para ofrecerle alimento, pero se ha negado, manifestándome por el contrario que se encuentra indispuesto.

—¡Pero vamos, Vayamos a verle!

Después de atravesar el largo pasillo, al permanecer la puerta abierta ambos entraron en la habitación. El anciano se veía imposibilitado de ponerse en pie por sí mismo.

Al ver la presencia de ambos, pudo notarse en su rostro una discreta sonrisa. Seguramente había escuchado la controversial plática sobre la presencia de la mariposa y al girar la historia en torno a él, no dejaba de producirle un negro sentido del humor.

Catalina dispuso un sillón de madera en el pasillo, y con el consentimiento de Pablo y con ayuda de Octavio, lo condujeron para recostarlo.

Octavio se hizo de un asiento de madera de menor tamaño y se sentó a un costado para ofrecerle compañía. Catalina por su parte, acercó la tetera para servirle a los dos.

Las brisas de aire que traspasaban por el pasillo facilitaron la respiración al anciano y su cuerpo fue reconfortándose lentamente.

—Hoy he despertado con fuertes dolores en el cuerpo. Me temo que las fuerzas comienzan a abandonarme del todo —articuló el anciano, moviendo la cabeza negativamente y gesticulando en su rostro los padecimientos de sus dolencias.

—¿Quieres que se te prepare algún remedio, o tal vez que se te aplique algún ungüento en el cuerpo para aliviar las molestias? —fueron las palabras de ofrecimientos pronunciadas por Octavio,

quién en su afán de ayudarlo no sabía cómo enfrentar la situación.
—No te preocupes joven, todo tiene un ciclo en esta vida y estoy consciente de ello, las dolencias son normales a mi edad y son mensajeras que anuncian la llegada del fenecimiento, más certeras que la visita de una mariposa, como lo vaticina la dulce Catalina. —el joven sonrió discretamente.

—De cualquier manera, señor Pablo, estos acontecimientos no dejan de sorprendernos y crearnos preocupación, lo último que uno espera, es la visita de la oscura muerte.

A pesar de todo, mi estimado amigo, me siento orgulloso de haber pertenecido a una generación que no tenía nada que envidiar a otras culturas que hoy en día enaltecen los valores de la honradez y la lealtad, como en las culturas orientales, por ejemplo. Tanto más, porque yo mismo fui testigo de lo que ahora te cuento. "Cuando aún era pequeño, al regresar de la escuela, mi bolsa al igual que la de otros niños, con los escasos útiles que éstas resguardaban, eran inspeccionadas por nuestros padres. Si un lápiz se habría llevado, uno sólo tendría que haber en las pertenencias al regresar, de lo contrario, tendría uno que enfrentarse a un tribunal tan severo del que no puedes tener idea. Por otra parte, cuando las personas visitaban la casa de sus vecinos, distancias que no eran para nada cortas, no obstante, al haber dejado las ventanas abiertas al salir, al regresar no había razón para hacer inventario alguno, pues nadie tenía la mala costumbre de allanar tu morada y mucho menos, de aprovecharse con tus pertenencias. Lo mismo sucedía con las cosechas, los animales y todo cuanto fuera del bien ajeno. Existía un profundo respeto.

Lamento que te haya tocado una generación muy distinta, una generación que suspira con nostalgia por la lejanía de aquellos valores y hace halagados pronunciamientos hacia las culturas que hoy en día lo practican como una doctrina. Te darás cuenta de que el hombre con la ausencia de valores, lo que no obtiene con la razón lo obtiene por la fuerza.

Aunque en la atmosfera se percibía un sentimiento de nostalgia, aún podía rescatarse un gesto de compartida motivación, y con esa facultad, el anciano daría continuidad al desenlace de su historia.

Capítulo VIII

—Cuando llegué a esta ciudad, mis propósitos aún eran con fines temporales, y después de deambular por algunas horas pude instalarme en los apartamentos de la señora Esperanza, a quien sus inquilinos y sus colaboradores le llamaban "La Patrona". Los cálculos me indicaban que con mis ahorros podía liquidar una renta de hasta cinco meses por adelantado, y si las cosas se ponían difíciles, podría disponer del medallón que me obsequiase el señor Vázquez, para extenderla por unos meses más.

Al día siguiente me encontraba caminando por sus calles, y aunque llevaba un propósito en mente, caminaba sin un rumbo determinado. El claxon de los automóviles, el olor a comida y a fritanga, y el desfile de la gente por doquier, me hicieron dudar por un momento y a preguntarme si en verdad llegaría a habituarme a esas condiciones, e inclusive, a si en verdad deseaba vivir en esa atmósfera.

Es una cosa por otra —me dije— no se puede tener todo a la vez, era cosa de renunciar a la tranquilidad para enfrentarme al progreso. Al mundo competitivo donde yo me había desarrollado. Sería cuestión de algunos días para aclimatarme de nuevo.

Sin embargo, las circunstancias ahora eran muy diferentes. En mi juventud, cuando recién egresé de la Facultad de Arquitectura, no me fue difícil hacerme de un empleo. No fue necesario pasar por ningún filtro de selección, ni por la angustiosa necesidad de tocar puertas. Mis resultados me recomendaban por sí solos. Bastó con acudir a una entrevista de trabajo con una compañía constructora que había ofertado empleos a la facultad con la cual mantenía un sistema de convenios, y desde ese momento daría inicio mi florecimiento, hasta alcanzar un mayor auge.

Al carecer de alguna recomendación, ahora tenía que enfrentarme al complicado procedimiento de apersonarme con alguna autoridad de alta jerarquía, quizás un directivo de la administración municipal, en alguna gerencia de empresas privadas o en alguna oficina gubernamental.

Mis limitados conocimientos tecnológicos y del Diseño Asistido por Computadora terminaron por cerrarme las puertas. A pesar de haber mostrado grandes habilidades matemáticas y de cálculo, conocimientos de historia, filosofía, habilidades en dibujo arquitectónico, y un alto dominio de gramática y retórica, ampliamente descuidadas en la actualidad, no fue posible ganarme una mayor consideración. Todo parecía resolverse con las máquinas y para eso, no estaba calificado. Simplemente me encontraba entre dos mundos. El que me había sido arrebatado muchos años atrás, y al que me enfrentaba ahora, invadido por las computadoras en todas las áreas del saber y del quehacer humano.

Yo estaba consciente de mis limitaciones y de mis capacidades, y de arrastrar un antecedente que desacreditaba todo lo expuesto. Sin embargo, lastimosamente pude observar cómo se le cerraban las puertas en sus narices a los jóvenes, muchos inclusive, acreditando estudios superiores.

Esa lamentable paradoja me recordaba el justo momento en que, una vez cumplida mi sentencia, "y reformado" se me expulsaba a integrarme a una tan cambiada civilización. Y para estos jóvenes las condiciones no eran muy diferentes. Se les ha persuadido desde la niñez hasta la juventud, al grado de evocar los ímpetus de su fe, que el estudio es el camino que los conduce a las puertas del progreso, y una vez dentro, a un futuro prometedor. Pero una vez concluida la hazaña, al diplomarse, logrado el propósito y la meta, son abandonados a su suerte. Y no en pocas ocasiones se les expulsa desdeñosamente desde el patio de las instituciones laborales.

Al cabo de algunos meses mis aspiraciones no habían rendido mayor fruto, y la situación comenzó a preocuparme. La tranquilidad que me acompañaba desde mi estadía en la hacienda comenzó a abandonarme, y surgieron mis pesadillas

"Éstas surgían sobre escenarios modificados, llenos de pasadizos y escaleras, y ahí tenían lugar las más sanguinarias de las batallas entre los reclusos. Los sórdidos gritos de unos sobre los otros y las heridas infligidas sobre los infortunados que caían al suelo con desgarradores gritos erigían escenas infernales, abrazadas por el fuego y el humo. En la confusión, la muerte iba en persecución de todos, y lo mismo corría el perseguido que el cazador y todos sobre el amparo de su misma suerte trataban de salvar sus vidas. Con la mano sobre el pecho, aterrado e imposibilitado, despertaba de un sobresalto y empapado en sudor, cuando la Parca ponía sus ojos sobre mí, y sus leales emisarios acudían tan pronto para arrancarme la vida".

Estas pesadillas recrudecían en mis épocas de mayor desaliento.

Me fue preciso reevaluar la situación y con renovado propósito, en una ocasión que me encontraba en el apartamento organizando mis ideas, no pude evitar escuchar un altercado entre la patrona y su hijo Evaristo. Todo parecía estar relacionado a una amonestación del colegio derivado de la mala conducta y del bajo rendimiento académico del adolescente.

La señora esperanza "la patrona" era una joven mujer que había quedado viuda con la muerte de su esposo, un oficial Capitán Primero. Con la pensión recibida por el infortunio, tuvo la brillante idea de invertir en la construcción de un vecindario. Al arrendar sus habitaciones pudo afianzarse de un porvenir estable.

Pese a las dificultades que al inicio tuvo que afrontar, un descuido contribuiría a la mala conducta de su pequeño hijo, a quien la ausencia de su padre lo había perturbado emocionalmente, y en la adolescencia, detonaba en un acto de rebeldía y desinterés.

De la señora Esperanza me había ganado su confianza, puesto que en varias ocasiones le había ayudado con los trabajos de la rehabilitación de su casa. Con presteza, logré convencerla de representar a Evaristo en aquel episodio y acudir a la audiencia del colegio.

Con la finalidad de no generarle mayores preocupaciones y de no delatar ni exponer la dignidad del adolescente, al desahogo de la audiencia, evité revelarle la delicada situación del pupilo y del convenio al que fue necesario comprometerme para garantizarle su estadía. Sin embargo, bajo aquel silencio se había pactado un compromiso al que debía de corresponder, y desde ese momento, me convertí en su institutor.

Para orgullo de su madre, el joven se transformó en una persona brillante. Un muchacho obediente e impetuoso para el estudio. Mis lecciones de aritmética y de algebra lo fueron formando hasta convertirlo en un estudiante destacado.

Con el tiempo y a medida que fue creciendo, nos volvimos grandes amigos, y llegue a tenerle un gran aprecio. Gracias a las relaciones que la señora Esperanza mantenía con el director de una institución educativa, pudo recomendarme y logré emplearme como jefe de mantenimiento.

Todo hacía suponer, que las cosas tomarían un mejor rumbo, sin embargo, en una tarde en la que el joven Evaristo procedente de la facultad de ingeniería, caminaba con rumbo a su casa, al paso, le salieron dos jóvenes quienes permanecían al asecho para robarle. Según testigos y las indagatorias del caso, los delincuentes, menores de edad y que no pasaban de los diecisiete años, con revolver en mano le exigían la entrega de sus pertenencias.

Evaristo era una noble persona y de buenos hábitos, sin ninguna propensión a la violencia. Frente aquella amenaza y en total mutismo, con el afán de cooperar con el atraco, cometió el error de llevar las manos atrás de su espalda para entregar su cartera, acto que debió informar antes a los delincuentes para evitar la interpretación que los malhechores normalmente deducen de este gesto, y como respuesta por el grado de nerviosismo en que se encontraban los inexpertos, dispararon el arma a quemarropa sobre la humanidad del joven para posteriormente pegar la huida con rumbo desconocido. El infortunado quedó en el suelo sobre un charco de sangre. Se mantuvo algunos segundos en su agonía, hasta finalmente perder la vida.

Y aquel joven brillante, lleno de vida, con apenas diecinueve años y que luchaba para orgullo de su madre por un futuro prometedor, dejó de existir".

Lo que siguió fue una escena que me partió por completo.

Su madre desconsolada por la pérdida de su único hijo lloraba amargamente, casi hasta el desmayo.

Yo por mi parte le había tomado un gran aprecio. De considerarlo más que un amigo llegué a quererlo como a un hijo. Su trágica muerte terminó por someterme en un completo abatimiento.

Al transcurso de los días y bajo aquella congoja, fui presa fácil de terribles pensamientos. Aunque tan rápidos como la luz del rayo, me hacían un número más en la negra estadística de la que todo hombre es tentado una vez en su vida. Y en una ocasión, ya con la soga al cuello, vendría del más allá el mismo Dostoievski para socorrerme. Y en mi mente aparecía nítidamente aquel pasaje de una de sus obras, en donde:

"Un condenado a muerte dijo pocas horas antes de subir al patíbulo, que preferiría vivir de cualquier manera antes de morir tan pronto, aunque fuese sobre la cima de una montaña, en una roca donde solo hubiera espacio para colocar los pies, y en torno hubiera solamente abismos, océanos, tinieblas eternas, una inmensa soledad azotada por continua tempestad, aunque debiera pasar allí toda la vida durante mil años, toda la eternidad. ¡Vivir, sólo vivir y nada más que vivir! ¡No importa cómo, pero vivir! ¡que verdad tan grande!".

Esas palabras, además de la resignación, traerían consigo a decir por mi proceder, una especie de rebeldía. Y con renovada determinación me predispuse en seguida.

"La muerte es la única verdad en el hombre —me dije— tarde o temprano llegará. ¿para qué anticiparla entonces?".

Extraje del baúl el medallón. Lo puse en mi bolsillo al igual que unos billetes y monedas que aún me acompañaban. Acudí con Catalina y dejé bajo su encargo mis pocas pertenencias. Me despedí y salí a la calle caminando sin rumbo y prometiendo volver pronto.

La señora esperanza, después de sufrir por la pérdida de su hijo, lejos de renegar o de optar por una actitud negativa, encontró refugio en las labores de la iglesia. Al paso del tiempo logró recuperarse y superar la depresión. Dedicaba gran parte de su vida al servicio de actividades que encauzaban la ayuda al prójimo y participaba en toda clase de asambleas religiosas.

A poco más de dos años de aquella tragedia. En una noche que salía de la iglesia en compañía de Catalina, al caminar por una de las calles estrechas que conducía a su domicilio, a penas y pudo reconocerme.

—¡¡¡Dios mío!!! —exclamó— ¡es Pablo!

Catalina sorprendida, no daba crédito a lo que veía. —¡Dios mío, no puede ser!

Andrajoso y mugriento, permanecía en el suelo pasando la borrachera.

—¡Pablo!, ¡Pablo! —me agitaba Catalina— ¡Despierte!

Con la luz de los faros de la calle pude reconocer los rostros de aquellas piadosas mujeres.

La patrona se había conmovido con aquella dolorosa escena y no pudo evitar derramar sus lágrimas.

—¡No puede ser! ¿por qué?, ¿cómo has podido? –¡Tú no lo mereces, no mereces esto! ¡no es justo!
—Vamos, levántese, tiene que acompañarnos —insistió.

Apenas y podía ponerme en pie. Un desconocido que pasaba acudió en auxilio de las mujeres y prometió asistirlas con su gesto humanitario.

—¡Por acá joven! ¡Sígame, sígame por favor! ¡Ayudemos a este pobre hombre!

Al llegar al vecindario, la patrona ordenó desocupar una pequeña pieza que le servía de bodega, mandó a instalar un camastro y fui conducido hasta quedarme completamente dormido.

Después de algunos días, en los consejos de aquella buena

mujer encontré la fortaleza para alejarme de la bebida, en cuyo refugio, creía falsamente poder ahogar mi sufrimiento. Gracias a su enorme corazón, me ha permitido hospedarme en este vecindario por el tiempo que me sea necesario. Ahora, heme aquí, lejos de toda aspiración, con la esperanza consumida y en espera de mi eterna despedida.

El sol se había ocultado hacía más de tres horas, y la negra noche traía consigo la tranquilidad. El discurso había sido extenso, pero su culminación había traído el desahogo del anciano. Su confesión lo había liberado de un enorme peso, y ahora le llegaría el relajamiento.

Por su parte, Octavio en su discreto compadecer lo reconfortaba con palabras de aliento y resignación. En la mirada de ambos se percibía una atmósfera de profunda amistad.

Después de ayudarlo a entrar en su habitación y recostarlo en su camastro, Octavio se despidió afectuosamente. —No sospechó ni por un segundo que aquella sería la última vez en verlo lúcido.

Capítulo IX

Después de esperar por más de treinta minutos desde la hora establecida para su llegada, el autobús que venía del norte por fin hacía su arribo. Octavio con minuciosa atención observaba a cada uno de los pasajeros que descendían de él, algunos con más prisa que otros y arrastrando todo tipo de equipajes. Al advertir que el autobús se había desocupado casi por completo, y al no encontrar en ninguno los rasgos fisionómicos de la mujer que estaba esperando, comenzó a preocuparse. Cuando repetía nuevamente con un recorrido milimétrico su inspección, enfocando la mirada por los pasillos de arribo y por el corredor de la sala, pudo percibir una silueta que se acercaba por su costado derecho.

—¡Usted es el joven Octavio! —articulaba con seguridad una voz femenina. En un tono que parecía de celebridad, como cuando alguien logra descifrar un acertijo por su propia intuición.

El joven un tanto sorprendido tartamudeó ligeramente al revelar su identidad. Un tanto por el tono resoluto con que aquella voz tan dócilmente lo había confesado y un tanto más, por la belleza dibujada en el rostro de aquella joven mujer.

No era mayor de los veintidós años. De estatura superior a la mediana. Al retirarse con delicados movimientos las gafas de medias tintes oscuras, mostraba confianza y pleno dominio de las circunstancias. Sus bellos ojos eran de un color aceitunados. Su cabello ondulado, abundante y de un color castaño claro, y que caía por debajo de sus hombres fue ensortijado con los dedos de sus manos, hasta proporcionarle un poco de volumen.

Octavio, transformado en todo un romancesco, sentíase afortunado de ser él, el caballero a quien aquella bella señorita se refería, y para no dejar ninguna duda, con aire decidido tomó lugar en aquella intrigante escena.

—Mi nombre es Octavio Alberto, no dude que con gusto podré ayudarle si usted me dice en qué puedo serle útil.

—Mire Octavio —continuó la joven, en un tono que parecía haberse transformado en un ligero disgusto—, puedo ver con justa razón que usted se encuentra un tanto desconcertado y no es para menos, ¡usted está en espera de una mujer de mayor edad!, la señora Sonia Solís. ¿es cierto? —cierto, contestó el joven maquinalmente.

—Pues verá usted, por razones que pronto le expondré, la señora Sonia no podrá asistir a este encuentro. Hemos decidido que yo le representaré en este episodio. Mi nombre es Antonieta Moretti Solís y la señora Sonia es mi madre. No se preocupe por ella, le aseguro que goza de envidiable salud.

El joven había inspeccionado los rasgos fisionómicos de la chica y había logrado distinguir entre los ya marchitos del anciano, ciertas similitudes. El color de los ojos era idéntico, el color de la piel estaba en el rango caucásico de ambos. La morfología, desde la frente hasta el mentón, perfilaban señales de la relación genealógica.

Las características constataban con la revelación que acababa de escuchar. No había dudas que la chica era la nieta del señor Pablo Solís. Aunque inesperado, fortalecido por sus propias deducciones, este descubrimiento le producía una mezcla de asombro y alegría.

—Permítame explicarle joven Octavio, que este cauteloso formulismo obedece al hecho de que, en dos ocasiones, mi madre, en un intento por lograr un encuentro con mi abuelo, se había desilusionado por completo cuando alguien irresponsablemente y con propósitos inhumanos, le daba falsas esperanzas. Y en ocasiones, cuando las circunstancias por fin parecían socorrer a sus angustias, todo terminaba en una broma o en la discordancia, tanto de los acontecimientos como de los vínculos familiares en los que podría atestarse el parentesco.

Esto ha ocasionado una gran desconfianza en mi madre, y aunque todavía se mantiene firme en la fe y la esperanza, otra desilusión más le dañaría notablemente. En tal consideración, es preciso que yo corrobore que lo que usted le ha informado, sobre la ubicación y las circunstancias en las que se encuentra mi abuelo, son ciertas. Además, tendría que reconocer ciertas señas físicas que demostrarían de manera incuestionable su identidad.

La joven parecía un tanto testaruda, pero sus explicaciones le otorgaban completa justificación. Además de dar muestras perceptibles de su gran capacidad e inteligencia, se conducía en completa gallardía, aspectos que originaban en Octavio, una mayor predisposición. Y el respeto que sentía por el señor Pablo, ahora se transferían hacia aquella joven en un sentimiento de lealtad, y optó por centrarse en la seriedad de los acontecimientos.

—No se preocupe Antonieta, estoy convencido de que usted podrá finalmente encontrarse con su abuelo. Y su madre hallará el consuelo que tanto necesita. Sin embargo, le ruego darse prisa. La salud del señor Pablo no es muy estable y podría agravarse en cualquier momento. Tomaremos un taxi y en poco más de una hora usted mismo podrá corroborar los hechos.

El tiempo transcurrido fue ocupado en la presentación formal, y en referencias respecto al viaje de Antonieta y a ocupaciones personales de ambos desconocidos. Octavio se sintió en la conveniencia de prevenir a la joven de las condiciones en las que se encontraba su abuelo, no sin antes atenuar el impacto que seguramente estas le provocarían.

—Vera usted Antonieta, el señor Pablo es del tipo de personas que han sido elegidas para llevar a cabo una misión a fe de soportar todo tipo de pruebas. En situaciones en las que cualquiera se hubiera desquebrajado, él se mantuvo con la firmeza de espíritu. Siempre dispuesto a procurar el bien en los demás, aun, cuando había sido desprovisto casi de todo.

Esperó el día en que, favorecido con las gracias del cielo, podría encontrarse con Sonia. Sin embargo, al tratar de procurarse una condición digna, que le facilitara el acercamiento, se encontró con circunstancias que obrarían en su contra.

En una ocasión, logró compartirme en un sentido lo más parecido a un consejo, la idea de que: "el hombre que infortunadamente haya sido impactado por las tribulaciones de la vida, con la fuerza necesaria para estremecerlo. Por ningún motivo, ni en su desesperación, debiera abrigarse con la idea que su padecimiento le resulte tan grande, que no habría forma de que algo peor pudiera ocurrirle, pues éste, mientras no haya sido reducido al polvo de donde ha salido, es susceptible a padecer un sinfín de calamidades y a escalas insospechables. En los primeros embates, un poco de humildad le haría bien, y tal vez le serviría de escudo para afrontar otras más, o para promover la misericordia en su favor y evitarse futuros sufrimientos".

Con estas ideas en su mente, su abuelo se las arregló para superar las dificultades, y a pesar de todo, se mantuvo leal a los principios que rigen la naturaleza humana. Y su abuelo, un brillante arquitecto que edificaba los sueños en los que albergaría el futuro de su familia, ilusionado y comprometido a llevar una vida ejemplar, no sospechaba el revés que ésta le tenía preparado. Y un día, lleno de amor y optimismo, su barco encalló, y no pudo volver a navegar. De su abuelo hoy queda una estela irreconocible. De aquel hombre al que todo le fue arrebatado, sólo quedan los vestigios en la grandeza de su alma.

La joven, quien escuchaba en silenció aquella dramática historia, en una visible empatía, no pudo evitar conmoverse, y aunque no hubiera ningún parentesco que justificara el derecho a experimentar tales aflicciones, de igual manera habría sentido compasión por aquel infortunado.

Y el silencio, como aquellas notas escritas en una bella obra musical, que no se ejecutan pero que de igual manera son imprescindibles, fue interrumpido.

—Hemos llegado. —interrumpió Octavio.

Después de caminar por dos calles estrechas, se encontraban en la entrada del pequeño vecindario. Si no hubiera sido por la presencia de Catalina en el pasillo, Antonieta se habría refugiado en la completa desconfianza.

Luego de saludar a Catalina, Octavio le solicitó los últimos informes sobre la salud del enfermo.

—Actualmente duerme con pesadez —informó la gentil Catalina— el médico le ha examinado por la mañana, pero no se le ha visto optimista. Ha dicho que sus pulmones están muy débiles y está susceptible a una crisis imposible de revertir.

Aun con estas reservas, el diagnóstico presagiaba un grave desenlace.

—Catalina —interrumpió Octavio—, ella es la señorita Antonieta, Antonieta Moretti Solís. Ha venido desde muy lejos en representación de su madre, la señora Sonia Solís Martínez, para el reconocimiento de quien suponemos podría ser su abuelo, el señor Pablo Solís.

Catalina, quien se caracterizaba por pasar de un estado de ánimo de extrema agitación a otro de completa calma en un solo instante, al no dar crédito de tener frente a ella a la nieta de aquel infortunado, había transformado su angustia en una contagiosa alegría.

Después de saludarla pronunciadamente y ofrecerle todo tipo

de asistencia, la invitó a pasar.

—Démonos prisa señorita, no hay tiempo que perder. Es preciso salir de la duda y ganar tiempo a los acontecimientos — acompáñeme por favor.

Al entrar en la pequeña habitación, el silencio los envolvió por completo. Mientras Catalina intercambiaba una mirada inquisitiva con Octavio, Antonieta avanzó a pasos lentos hasta el cabezal del viejo camastro y observó lastimosamente el rostro dormido del convaleciente.

Aunque la barba completamente encanecida, y que cubría desde la barbilla hasta la patilla y que se embrollaba a su paso con el bigote, eran rasgos que distinguían la personalidad del anciano. El crecimiento excesivo del bello en sus cejas, la nariz, y entre el lóbulo y el orificio auricular, daban muestras evidentes del abandono en que se encontraba aquel desdichado.

En aquel rostro demacrado y que permanecía con los ojos cerrados, sería imposible encontrar rasgos morfológicos para emitir un juicio respecto a la identidad del anciano, y, sobre todo, de la relación genealógica entre éste, la joven y su madre.

Antonieta se inclinó ligeramente. Colocó su mano derecha sobre el cuello del enfermo. Tomó el borde de la camiseta de algodón y lo estiró lentamente hacia atrás, dejando al mayor descubierto desde el cuello hasta la parte del hombro. Se inclinó un poco más para inspeccionar la zona descubierta y tras un momento, se irguió lentamente con el rostro visiblemente consternado. Y tras unos segundos, abandonó la habitación abriéndose paso entre los asombrados testigos quienes la siguieron inmediatamente.

En el pasillo, Antonieta sostenía su teléfono con la mano temblorosa. Después de sonar el timbre en el auricular, pudo escucharse la recepción de la llamada.

—¡Bueno! ¡Bueno!

—¡Lo hemos encontrado madre!, ¡lo hemos encontrado!, ¡es el abuelo! ... ¡por fin, lo hemos encontrado!

—...sin embargo, es necesario que te apresures, si abordas el autobús antes de caer la tarde, podré recibirte mañana a primera hora en la terminal, en compañía del joven Octavio.

Al finalizar la llamada las emociones esperaban turno para manifestarse en el rostro de la joven Antonieta. Alegría, compasión, asombro, incertidumbre, tristeza.

El encuentro y las condiciones en las que se encontraba su abuelo, la habían perturbado notablemente.

Le resultó comprensible la estupefacción en la que se encontraba Catalina y Octavio. El suceso ameritaba una explicación.

—Sólo les pido que comprendan mi exaltación —correspondía, derramando una lágrima de alegría—. Como ahora lo sabrán, mi tía, la señora Hortensia Solís, a quien mi madre le debe todos sus cuidados, informó a mi madre que como señas particulares, su hermano el señor Pablo, tendría tres lunares del tamaño de un grano de arroz, alineados como el cinturón de Orión y ubicados en el trapecio derecho, entre el omóplato y el hueso clavicular.

Después de verificar estas pequeñas manchas como señas irrefutables, no tengo la menor duda que este venerable anciano es mi Abuelo. ¡Por fin lo hemos encontrado! —Repetía con alegría desbordante.

Los tres se adentraron de nuevo en la habitación. El enfermo permanecía inamovible, y mientras Catalina y Octavio realizaron por turno la verificación de las manchas, Antonieta observaba el cuerpo del moribundo, desde los pies a la cabeza, y repetía el procedimiento una y otra vez.

Aunque un tanto consternada, y al no poder manifestar todo tipo de afectos a su abuelo, se dispuso a proporcionarle el cuidado mínimo para rescatarle en lo posible, de su lamentable apariencia.

—Catalina —articuló incorporándose— me complacería enormemente si pudieras facilitarme algunos utensilios para realizar un aseo a mi abuelo.

Con una disposición espléndida para estos menesteres, después de escuchar con atención los pocos requerimientos, Catalina regresaba tras varios minutos con una pequeña mesa en la que hábilmente había acomodado: una charola con agua, una barra de jabón, tijeras, alicate, esponjas, pedazos de trapos, una toalla, una navaja y una maquinilla de afeitar.

Se las había arreglado para conseguir con su patrona, los utensilios que estaban fuera de sus pertenencias, y aunque no se le había solicitado, fue elogiada por su gran iniciativa y la gestión de conseguir una camisa y un pantalón, los cuales posteriormente explicaría, pertenecían al difunto Capitán, esposo de su patrona.

El aseo se realizaba menesterosamente. Mientras Catalina cortaba con las tijeras la camiseta, desde las mangas hasta el cuello y desde el cuello hasta el dobladillo, para posteriormente retirarla y limpiar con una esponja humedecida con agua y jabón: el cuello, los brazos, las axilas, el pecho y el abdomen.

Octavio se ocupaba en afeitar el bello excesivo en el cuello, ocupándose con una mano en el estiramiento de la arrugada piel y con la otra, en el delicado movimiento del rastrillo. De igual manera se ocuparía de recortar el bello excesivo de la nariz, el de las cejas y el bello saliente entre la cavidad auricular y el lóbulo, para posteriormente recortar la barbilla, el bigote y el cabello, auxiliándose para esto último, con la maquinilla.

La joven Antonieta, con mucho cuidado se ocupaba en recortar las uñas de los pies. La del dedo pulgar fue ejecutada con la tijera, mientras que para el resto y no con menos esfuerzo, solamente bastó con el alicate. Y con el adiestramiento de una "Misionera de la Caridad" se auxiliaba con una esponja para efectuar la limpieza de los pies. El mismo procedimiento sería realizado en ambas manos.

Aunque la tarea se había repartido de manera habilidosa, por su delicadeza, se requirió de una hora en practicarle la limpieza y la vestidura al convaleciente, quien, por las intervenciones en su cuerpo, en un acto reflejo, en ocasiones se rodaba ligeramente de un costado a otro, pero sin lograr despertarse.

Habría que ver en aquel acto lo que se logra con la determinación, pues aquel cascarón inerme, y gracias a la nobleza de aquellos samaritanos, ahora lucía con pulcritud. Los piadosos, después de levantar los utensilios y realizar la limpieza del área, satisfechos de su labor, se retiraron para dejar en la tranquilidad al moribundo.

Catalina se había permitido un lapso para informar a la patrona de la visita de la nieta del anciano, y de la disposición de la joven en la realización del aseo en el cuerpo de su abuelo y de la pequeña habitación. El noble gesto no podría pasar inadvertido, y sobre todo por la noticia del encuentro de los parientes con el infortunado. Y quienes seguramente, también estarían felices por aliviar una pesadumbre arrastrada por muchos años.

Aunque las condiciones de salud del anciano no habían mejorado en lo más mínimo, y que inclusive, podría vaticinarse un desenlace fatal, esta noticia propiciaba un ambiente de ánimo y de mayor resignación, por lo que la patrona había propagado a través de Catalina, una invitación para un almuerzo a las dos de la tarde.

Mientras Octavio se despedía con exagerada cortesía y prometía innecesariamente estar puntual a la hora del almuerzo, la curiosidad comenzaba a germinar en la mente de Catalina, y al tiempo que despedía con la mirada al jovial romancesco, invitaba a la joven Antonieta a que aguardara en su despacho.

Capítulo X

Habían transcurrido diez minutos desde la hora en que se había acordado el almuerzo. Octavio aún se encontraba a cincuenta pasos de distancia. Se recriminaba el hecho de haber desperdiciado su tiempo en tonterías y, sobre todo, en emplearlo en su mayoría, en acicalarse como todo un pavorreal, y que aun a su esfuerzo, sólo había logrado rescatar mayor dignidad en su peinado que en su propia vestimenta.

Para su sorpresa, después de subir por la escalera y presentarse en la sala, pudo notar que algunos comensales ya estaban instalados, pero que, al no estar presente la patrona, indicaba que la comida aún no se había servido. Su observación le confirmaba la asistencia del médico, a quien ya tenía el gusto de conocer. Catalina y Antonieta parecían haber fortalecido los lazos de amistad, y apenas repararon al verlo llegar. Después de saludar cortésmente a los presentes, pasó a ocupar un lugar a un costado de Antonieta.

Recordando su obstinado debate sobre las casualidades, Catalina gesticuló una mueca con sentencia y premonición, interpretada discretamente por el joven Octavio.

A pocos minutos entró por la puerta principal la señora Esperanza. Se hacía acompañar seguramente por el sacerdote, a quién por el clériman y el alzacuello blanco que portaba, podría distinguírsele como tal.

La patrona tomó lugar en el cabezal al fondo del comedor, mientras que el sacerdote hacía lo mismo en el otro extremo. Ambos saludaron a los presentes amablemente, sin que la patrona evitara cerciorarse de reojo de la presencia de todos sus invitados, por lo que procedió a ordenar a Susanita a que iniciara con el atento servicio.

En minutos los comensales tenían a su alcance una crema de zapallo, a excepción del sacerdote a quien se le había servido un plato con verduras cocidas al vapor y en el que resaltaba el verde del brócoli, el color naranja de las rodajas de zanahoria, y un complemento de tiras de calabazas y rodajas de manzanas.

Antes de iniciar con el plato de entrada, sintiéndose en el cumplimiento del deber espiritual, el sacerdote no pasó por alto el pronunciar una oración, y mientras bendecía los alimentos, todos le seguían en silencio.

Había distención en el ambiente. La reunión se sentía blindada por la experiencia y el conocimiento de los invitados de mayor edad, y quienes, seguramente sabrían propiciar un entorno agradable durante el convite. Y justo cuando el sacerdote cortaba un primer trozo de verdura y el resto de los comensales le aventajaban en dos los sorbos de crema, daría inicio la primera lección de historia:

—"Evocando a una de las civilizaciones más grandes de la antigüedad, —interrumpió el sacerdote— en cuyos avances podría destacarse: el arte, la arquitectura, la filosofía, la religión, las ciencias, y muy distinguidamente la jardinería, se dice que los magníficos jardines persas han constituido las bases para la posterior creación de los jardines formales de toda la cultura de medio oriente y de todo occidente, cuenta la historia que Ciro, rey de la magnífica Persia, nunca se sentaba a la mesa sin antes haber sudado con el ejercicio de alguna faena.

Gracias al historiador Jenofonte, quien al detallar en sus escritos el Chahar-bag, "jardín de los jardines" narra como el espartano Lisandro, cuando viajó hasta Sardes para reunirse con el rey Ciro para pedirle ayuda en defensa de los atenienses, Ciro el grande lo recibe en sus jardines y escribe sobre este hecho: cuando Lisandro estaba admirando la belleza de sus árboles, la simetría de la plantación, la derechura de las filas de los árboles, la regularidad de los ángulos en su totalidad, la enorme variedad de perfumes que les acompañaban en su paseo, se deshace en elogios y exclamó maravillado: "Ciro, todo me maravilla por su hermosura, pero mucho más me impresiona, el que diseñó y distribuyó cada una de las partes". Al oírle, Ciro se alborozó y dijo: "pues todo ello Lisandro, lo diseñé y lo distribuí yo, y algunos de los árboles los planté yo personalmente".

Por dios te juro que cuanto me lo permite la salud, nunca me siento a la mesa sin haber sudado antes con algún ejercicio, ya sea el de las armas, una labor agrícola, o cualquier trabajo pesado al cual me dedico con deleite y con todo mi vigor".

El médico, quien creía necesario dejar en claro que debajo de su encanecida cabellera había un vasto abono de conocimiento, ideas y experiencias, se sumó a la historia en una controversial observación.

—Habría que ver el enfrentamiento ideológico entre aquel sabio rey y algunos pensadores modernos, respecto a la definición de trabajo —observó.

—Sin recurrir a la física —prosiguió— en la que se involucran variables como la fuerza y la distancia como factores de medición. Estos pensadores se han aventurado en todo tipo de terrenos para la defensa de sus teorías. Para ellos, realiza un trabajo: desde el osado piloto que transita un avión por los cielos, el que ara la tierra con sus bueyes, el que maniobra el timón de un barco, los artistas, los médicos, los que se dedican a la enseñanza, e incluso, aquel que pasa el día entero pensando en la manera de no mover un dedo para realizar su jornada.

Cuando la plática llegaba a este punto, Susanita ya había servido el plato principal, el cual constaba de jugosa pechuga de pollo a la plancha acompañado de verduras y aderezo.

Por la esmerada y organizada atención de Susanita, y por la agradable correspondencia entre los comensales, podía intuirse que estas reuniones se daban con regularidad y que en parte se debían a la gran amistad de la patrona con el médico, con el sacerdote, e inclusive con el alcalde, quien se había disculpado por no poder asistir.

Pero en esta ocasión obraban circunstancias diferentes y se anticipaba que se acercaba el momento en que tendrían que ser abordadas.

—Mi estimado doctor —retomó el sacerdote en tono de chanza— estas alusiones y que a mi juicio algunas representan una tendencia a la justificación de la holgazanería, me permiten una distinción de las diversas actividades en las que se ocupa el ser humano, y una mayor sugerencia de lo que supongo trataba de ejemplificar aquel sabio rey. Quien, seguramente con su gesto, quería demostrar que el hombre encuentra mayor satisfacción cuando los bienes materiales que posee los ha obtenido a través de la honradez y de las prácticas legales que distinguen la grandeza humana, y de igual manera, encuentra mejor sabor en las cosas de las que se siente merecedor en razón a su propio esfuerzo.

La patrona, que por su buen juicio le era reservado un lugar en cualquier contienda de la sociología humana, encontró un espacio en la conversación y sintió que podría alojar sus opiniones sin correr ningún riesgo.

—Me gustaría destacar —inició— que el trabajo nunca defrauda a nadie, sin importar el propósito y los sueños que éste persiga, ya sea en los terrenos del arte popular, en el séptimo arte, las bellas artes, las innumerables ramas de la ciencia, o en las actividades de carácter pragmático. Lo cierto es, que no siempre se consigue a cambio un bien material, y en muchos casos lo que se logra es la perfección de ciertas habilidades motrices o intelectuales.

Pero también, existen los actos de piedad y de bondad practicados en los más infortunados, en cuyo beneficio, lejos de la obtención de algún bien material o de alguna habilidad prominente, se obtiene únicamente la satisfacción espiritual. Como un ejemplo de enorme devoción, podría referirles el caso de la madre Teresa de Calcuta. Nadie que le haya conocido, podría echar por menos los esfuerzos realizados por socorrer a los más necesitados, y no únicamente a través de las gestiones diplomáticas, sino que también, en la práctica de las acciones que motivan la piedad y el amor; valiéndose para ello, de sus manos para alimentar al hambriento, y de su voz, para llevar un mensaje de aliento y esperanza.

Bastaría mirar a los ojos de aquella piadosa mujer para darse cuenta de que sus obras le habían conducido a una dimensión distinta, una mirada que transmitía la paz y promovía la compasión con infinita dulzura. Dios la tenga en su santa gloria —concluyó.

Podría darse por entendido que el tema había concluido, y que el mensaje de la historia había sido transmitido en un amplio sentido, y del que todos, estaban en conformidad. Sin embargo, la patrona encontraría en ello, el preámbulo para dirigir la conversación hacia los intereses principales de la reunión.

—Si su abuelo estuviera presente —prosiguió, dirigiéndose a Antonieta—, seguramente nos habría ilustrado con sus interesantes razonamientos, era un hombre muy instruido y siempre tenía las palabras oportunas para brindar un consejo, o emitir una sabia opinión.

Aún recuerdo cuando recién llegó al vecindario, —continuó, dirigiéndose a todos— mi hijo Evaristo atravesaba por una crisis emocional, ocasionada principalmente por la pérdida de su padre. El desinterés por sus amigos y por el estudio le habían traído serias consecuencias, y de no haber sido por su abuelo, habría sido difícil de restituir. Seguramente lo abrían expulsado del colegio, con lo que estaría expuesto a la vagancia y a convertirse en un delincuente. No sé cómo le hizo el señor Pablo para tocar el corazón de mi hijo, pero bastó con un solo día para transformarlo en un excelente muchacho.

Aunque en un sentido estricto la patrona sabía que esto no había ocurrido con tal exactitud, siempre consideró que, desde aquel día, el joven Evaristo se había enmendado, y supuso que a esa conclusión seguramente llegarían sus invitados.

—No he tenido el gusto de conocerlo —repuso Antonieta— pero sus palabras hacen figurármelo como una buena persona. Mi madre estaría muy orgullosa de escuchar estas historias.

—En ese sentido —prosiguió la patrona— la persona indicada sería el joven Octavio. Lo ha tomado en gran estima y le ha compartido la historia de su vida. Podrás averiguar en este excelente muchacho todo cuanto se refiera a tu abuelo. Tenlo por seguro —concluyó.

Octavio sintió que el corazón le estallaba cuando advirtió que todas las miradas estaban puestas sobre él, de repente se había convertido en el centro de atención, y al cruzar su mirada con la de Antonieta, sintió que la amistad con Pablo lo sobrevaloraba con aquella joven, quién por su parte auguraba que, a través de él, conocería la etopeya de su abuelo.

—Su abuelo es un buen hombre —asintió Octavio—, y créanme que formularse una opinión de esta magnitud no es nada simple, de tomarse a la ligera, tendría una tendencia hacia la irresponsabilidad.

Octavio había puesto su situación en jaque, había formulado una hipótesis que tenía que defender frente a dos aventajados hombres de experiencia y no menos cultos. Por otra parte, tendría que preocuparse de no defraudar las consideraciones de Antonieta.

—El hombre —continuó con mayor aplomo— cuando sabe que las ideas y planteamientos que expone han sido escudriñados y aprobados por la mayoría, no se inmuta fácilmente, y sobre ese escenario, memorizar y recitar una enciclopedia completa le resulta sencillo. Sin embargo, cuando se arriesga a la exposición de sus propios razonamientos no deja de sentirse un tanto inseguro.

Después de ceñirse mayúscula armadura, continuó:

—Para probar el alma de un hombre y por consiguiente formularse una justa opinión sobre él, habría que arrancarlo de su zona de confort, extraerlo de su burbuja y exponerlo a un ambiente patógeno. Si en el primer escupitajo infligido por la vida, se mantiene manso como el Nazareno, y al recibir el primer azote no se ha envilecido aún, maquinando de mil formas su venganza, podría distinguírsele hasta este momento como discípulo de la paz. Si por su mente no ha pasado la posibilidad de renunciar aún. ¿Hasta qué punto puede ser tocado sin dejar de ser un hombre? ¿Sin que pierda su esencia y el instinto animal lo domine y comience a comportarse como tal, con una actitud despreciativa hacia los demás? ¿con una propensión a la intolerancia y a la violencia, encontrando justificación para sus actos denigrantes? Aquél que, a pesar de las tribulaciones, su espíritu no logra perturbarse a tal grado, merece ser llamado "un buen hombre". Su abuelo, en el sentido místico es un hombre liberado. Ha trascendido al sufrimiento y posee un claro discernimiento de la vida.

—No tengo una justa medida joven —observó el sacerdote— para elogiar tu razonamiento. Me ha sorprendido tu metáfora de como el hombre tan proclive a la maldad en estos tiempos, se abandona tan fácilmente a ella. El hombre se niega a entender que se vuelve malo no por ser fuerte, si no a causa de su debilidad. Y ya bajo el amparo de su propia maldad, valiéndose de recursos como la fuerza y el poder, ostenta grandeza. Sentado en su falso trono trata de disolver su pasado, y sintiéndose con el derecho a todo, cree que le es permitido destruir, aniquilar, aplastar, violar y asesinar. Es tan frágil su nueva identidad que busca mil formas de justificarla, y se esfuerza por volverla aún más cruel. Pero en el fondo, sabe que existe una entidad a la que no puede aniquilar, y esa es su propia conciencia, y que, al final, se encargará de recordarle cuan débil y frágil es.

Seguramente la plática se habría prolongado indefinidamente de no haber sido por la intervención del médico.

—Les ruego que me disculpen —interrumpió— pero me es necesario partir. Tengo que atender un asunto relacionado con mi profesión, pero antes permítanme informarle sobre el diagnóstico del señor Pablo. Su estado es crítico, no hay mucho que hacer al respecto, sus pulmones se han debilitado alarmantemente. Hay que estar preparado para lo peor, es cuestión de unos pocos días o quizás de horas. Su fortaleza física lo mantiene aferrado, pero en cualquier momento cederá.

Quizás tenga momentos de alivio y lucidez —continuó—, pero no tan prolongados. Hay que estar atentos y no dejarlo sólo. Por mi parte me estaré al pendiente y vendré a visitarlo por la mañana.

—No te preocupes hija —pronunció la patrona— nosotros te brindaremos el apoyo necesario, tu abuelo ha vivido por varios años en este vecindario y no le hemos dejado en el total desamparo.

Una lagrima que rodaba por la mejilla de la joven, fue interrumpida y secada con la palma de su mano.

—Quiero que seas fuerte hija —continuó con aplomo—, pues debemos hacernos cargo de los preparativos. En un momento me acompañaras y saldremos a buscar los servicios funerarios. De paso visitaremos al alcalde para que nos recomiende con el panteonero y nos facilite el acceso al cementerio, es preciso que nos asigne un lugar para la sepultura. La compañía del joven Octavio nos será de mucha ayuda. Catalina ha preparado una habitación amplia para que te hospedes y la compartas con tu madre en cuando haya llegado.

—Dadas las circunstancias, me gustaría asistir a tu abuelo espiritualmente —dijo el sacerdote—, voy a agendar una visita a las seis de la tarde. Considero que a esa hora todos habrán terminado con sus ocupaciones y desearía que estuvieran presentes.

Aunque por sí mismos todos podrían llegar a la conclusión que la delicada salud de Pablo lo conduciría rápidamente hacia la muerte, el dictamen que ahora emitía el médico certificaba oficialmente las sospechas, y ahora, resultaba necesario ocuparse en los preparativos que conllevan la llegada de tales desgracias. Todo pasó en un instante: del almuerzo y la platica, hasta a la fatalidad, pero habría que entender, que el tiempo se había terminado, y no habría otra ocasión para externar las recomendaciones.

Al liberarse de la pena con la ayuda de la resignación, todos salieron para el desempeño de sus encargos y poder estar a tiempo con el sacramento que el sacerdote otorgaría al convaleciente en punto de las seis de la tarde.

Pasado el lapso, los primeros en llegar fueron: la patrona, Catalina, Antonieta y Octavio. A los pocos minutos hacia presencia el sacerdote. Se hacía acompañar por un joven quien portaba en sus manos una pequeña caja de madera embarnizada con un tinte rojo oscuro. Con el ingreso de los seis en la pequeña habitación, ésta, parecía haberse atestado. La atmósfera en pocos minutos comenzó a sentirse sofocante.

El sacerdote tomó lugar en el cabezal derecho del angosto camastro, mientras que su ayudante hacía lo mismo en el lado izquierdo. El resto guardó distancia a unos pasos en espera de alguna indicación que les hiciera partícipe de aquella liturgia.

El sacerdote tomó un rosario proporcionado por su asistente. Y después de besarlo, se lo colgó del cuello con formal reverencia.

La parsimonia con que se desarrollaba aquel ritual mantenía a todos en la expectación.

El sacerdote inclinó la cabeza y se sumió en profunda meditación. Un murmullo apenas perceptible manifestaba que, en su representación como siervo de Dios, solicitaba la intervención del Omnipotente en favor del convaleciente y a que obrara según su voluntad.

Después de erguir su cabeza, dirigió una mirada a todos, en señal de que a continuación, podrían acompañarle con la oración. El padre nuestro y el ave maría fueron recitados fervorosamente. Las paredes parecían sumarse al rezo con diferido eco.

A continuación, en una sincronía ya practicada, el sacerdote tenía entre sus manos una pequeña botella de cristal en cuyo interior se apreciaba un líquido viscoso de una tonalidad ámbar, ésta había sido proporcionada por su esmerado asistente. Destapó con cuidado el pequeño recipiente, untó en el dedo pulgar de su mano derecha una porción del aceite, y se dispuso a realizar el sacramento de la unción de los enfermos.

El aroma de la mirra y el olivo, sustancias predominantes en aquella mezcla, fue inundando sutilmente la pequeña habitación. Aquel óleo bendecido por el señor obispo en la misa crismal del Jueves Santo, seguramente tendría un significado muy especial, y en su aroma se percibía algo de su espiritualidad.

—Por esta Santa Unción —procedió el clérigo (mientras trazaba con el aceite la señal de la cruz en la frente y en ambas manos del enfermo).

—… y por su bondadosa misericordia, te ayude el señor con la gracia del Espíritu Santo, para que libre de tus pecados, te conceda la salvación y te conforte en tu enfermedad. Amén.

El silencio reino por un instante.

… Y, ya sea porque el prolongado descanso había aliviado la atrofia del sistema respiratorio del enfermo, ya sea por la irrupción de los fervientes feligreses con sus oraciones, o ya sea porque el aroma del santo óleo se había enlazado con la biología molecular de aquel cuerpo moribundo, el enfermo fue despertando de a poco. Al principio abría y cerraba los ojos con pesadez, hasta dar muestra de que reconocía a cada uno de los ahí presentes. Sin embargo, en una interpretación distorsionada del tiempo, reconstruyó en su mente el rostro de Sonia, y posando su mirada sobre la silueta de la joven Antonieta, musitó desconcertado:

—¡Sonia!, ¡Sonia!, ¿eres tú, hija?, ¿eres tú?

Todos quedaron sorprendidos, la reacción del enfermo resultaba más que inesperada. Durante el tiempo que permaneció aletargado, en su inconsciente, pudo haber generado un vínculo con aquella joven, e instintivamente la había relacionado con el deseo ferviente de encontrarse con su hija Sonia.

Aunque sorprendida, la joven se acercó y tomó ambas manos del moribundo. No estaba segura de que el enfermo estuviera en condiciones de interpretar los acontecimientos que estaban ocurriendo, pero no quiso decepcionarlo del todo.

—¡Mi nombre es Antonieta! —exclamó con ternura.
—¡Sonia es mi madre!
—¡Yo soy tu nieta!

El discurso disgregado, a bloques, pronunciado como si de un dictado se tratase, buscaba penetrar en la mente desorientada de su abuelo, a quien consideraba en la conveniencia de dirigirse como a un pequeño.

La respiración parecía no socorrer a los esfuerzos del enfermo, pero éste, parecía dispuesto a no renunciar a su espejismo.

—¡Sonia!, ¡Sonia! —volvió a articular.

Como en una intervención para conectarlo con la realidad, el sacerdote colocó su mano derecha en la frente del moribundo.

—Cálmese Pablo. No se agite, es necesario que no se esfuerce.

Permanezca tranquilo.

La pesadez fue apoderándose de aquel débil cuerpo hasta sumergirlo en un profundo sueño, y en la conveniencia de dejarlo descansar, todos fueron abandonando la habitación lentamente.

En el optimismo de haber impartido a tiempo el sacramento de la unción de los enfermos, el sacerdote dirigió unas palabras de aliento a los presentes, con una predilección especial hacia la joven Antonieta. Y con el compromiso de oficiar la misa de siete en la parroquia, se retiró en compañía de su joven asistente.

La ternura que demandaba el rostro consternado de Antonieta enterneció a la patrona profundamente, y en un acto compasivo la abrazó cálidamente para brindarle confortamiento. Con menor intensidad, pero no con menos propósito, realizaron el mismo gesto Catalina y el joven Octavio.

De camino en el pasillo, la patrona la persuadía a disponer de su habitación y a que concluyera con su hospedamiento. Encauzaba sus recomendaciones a propiciar en la joven un indispensable descanso. A que dispusiera de la bañera, o a que tomara estancia en la sala de visita en espera de la cena a la que también sería invitado el joven Octavio.

Por su parte, Octavio se despidió prometiendo regresar lo antes posible. Y para mayor tranquilidad de Antonieta, se ofrecía como voluntario para hacerse cargo de la vigilia del enfermo. De cualquier manera, estaba vigente el acuerdo de acudir en compañía de Antonieta para ir en busca de la señora Sonia a la terminal de autobús, y al considerar que la salida tendría que ser a primera hora del día siguiente, exponía la conveniencia de mantenerse en alerta para informar a tiempo a la joven de la partida.

Cuando la noción de un acontecimiento parece corresponder a una copia fiel de la realidad, una frase no deja de ser menos oportuna, y en esta ocasión un adverbio valdría para citar que: "la noche había transcurrido en un abrir y cerrar de ojos". Y esa sucesión llamada tiempo, con su obstinado propósito por situar con una sincronía y una geometría perfecta el devenir de las cosas y los acontecimientos del mundo, se encargaría de que por aquella puerta indecorosa, a escasas horas de la mañana del día siguiente, realizara su entrada la señora Sonia Solís.

Agitada por la caminata, permaneció por unos segundos ocupada en regular su respiración. Antonieta y Octavio, aunque menos fatigados, hacían sospechar que la travesía de las dos calles, desde el arribo del taxi hasta el vecindario, se había realizado con apresuramiento. Y seguramente la señora Sonia en una demostración de su resistencia física, encabezaba la marcha mientras los jóvenes le mantenían el paso.

Aquel rostro reflejaba severidad, seguramente la etapa de su niñez, en la que se forja predominantemente el carácter, no la había pasado en el columpio o en la casita del árbol, y debió ocuparse a temprana edad en los deberes que le ayudarían a encarar el mundo con mayor desafío. Pero esta observación tendría que reconsiderarse, porque valiéndose de un acontecimiento de la propia naturaleza, es bien sabido que, en ocasiones, de un feo cascarón sale el más lindo de los ovíparos. Y de aquella mujer en una primera referencia, era necesario resaltar sus rasgos físicos. La naturaleza había obrado con anticipado propósito. La genética se había encargado de reproducir ciertos caracteres hereditarios que, a simple vista, constataban la relación morfológica entre padre e hija.

Su estatura de casi un metro con setenta centímetros, le confería destacada gallardía. Favorecida con sus finas facciones, mostraban vestigios de que en su juventud había sido aún más hermosa.

Como si de un mimetismo se tratase, sus ojos habían copiado

el color de los de su padre. Su tez blanca hacia contraste con el color natural de su cabello, un castaño claro, y de su padre, además, le destacarían sus cualidades humanitarias.

Aunque sus gestos aún eran reservados, sus modales la distinguían de haber recibido una destacada educación, cualidad demostrada cuando al notar la presencia de la patrona y de Catalina en la puerta, se anticipó a saludarlas con entera confianza y simpatía.

—Mi nombre es Sonia Solís, —articuló con voz sonora, que dejaba más que en claro su identidad.

—Es un placer conocerle —correspondió la patrona— mi nombre es Esperanza Segovia, Catalina es mi colaboradora de confianza y la encargada de administrar este vecindario.

Los gestos del saludo se repitieron nuevamente y en mayor consentimiento.

Y, refiriéndose a la patrona —prosiguió— Mi hija Antonieta se ha encargado de mantenerme enterada de los últimos acontecimientos, y no ha hecho más que resaltar su generosidad y su gentileza, tanto para su abuelo como para con ella. No puedo hacer más que externarle mi profundo agradecimiento, no tengo dudas de que usted es una buena mujer.

Comprenderá la penosa circunstancia que nos ha hecho venir desde tan lejos, pero he de confesarle que cuando ya había perdido toda esperanza por conocer a mi padre, el destino se ha encargado de ofrecerme esta oportunidad.

—Los designios de Dios son infranqueables —observó la patrona— solo el tiempo como testigo, se encarga de mostrarnos su grandeza y su misericordia. Sus obras son reveladas en tiempo y forma a los dignos de corazón.

Y con la seguridad de que sus palabras compartían la misma

religiosidad en la mente de Sonia —puntualizó— Dios le conceda la fortaleza, le brinde la capacidad y la gracia de comprender su misterio, encuentre la resignación y el consuelo en la presencia de su padre.

Con la sensible recomendación, Sonia se giró a donde su padre, y se acercó al viejo camastro donde yacía aquel cuerpo inerte.

Por un momento logró abstraerse en la contemplación del rostro de su progenitor. "¡La curiosidad era el deseo dominante en aquel primer instante!".

En una apresurada opinión, cualquiera hubiese esperado a que Sonia se soltara con la manifestación de todo tipo de emociones, tal vez con alegría, llanto o desconsuelo, pero aquella mujer permanecía impasible.

Resultaba preciso de considerar que entre ambos extraños no se había generado ninguna vinculación afectiva, por medio de la cual, se hubieran estimulado los sentimientos, y con tal apego y en justa correspondencia, sería comprensible que la señora Sonia manifestara esas emociones.

Después de unos segundos, como en un acto de premonición más que de afecto, sostuvo una de las manos de su padre. Seguramente un primer contacto le ayudaría a sensibilizar sus sentimientos.

Se inclinó sobre el oído derecho y con tono suave, le llamó: —¡padre!, … ¡padre!

Aguardó por unos segundos mientras que con un gesto involuntario deslizaba la palma de su mano, desde la frente hasta la parte superior de la bóveda craneal del enfermo.

—¡papá!, … ¡papá! —repitió con un tono más acentuado.

En esta ocasión, las palabras habían logrado penetrar en el subconsciente del moribundo, quien, con la incertidumbre de que nunca alguien le había llamado de esa manera, dudó en apropiárselas. Pero ilusionado de que pudieran estar dirigidas a él, respondió con un suave movimiento de párpados.

Cuando hubo despertado por completo y al fijar sus ojos sobre aquel rostro desconocido, se le veía lleno de fe, y encauzado con el ánimo de tal posibilidad, musitó:

—¡Sonia! ¿Eres tú, hija? ¿estás aquí?
—¡Si padre, estoy aquí!, ¡Yo soy tu hija!

Los presentes se aproximaron hasta rodear al anciano, cediendo por derecho, un mejor lugar a la joven Antonieta.

—¡Abuelo! ¡cuánto tiempo, abuelo! ¡cuántas angustias!, ¡Oh, Dios! ¡Por fin le hemos encontrado! Exclamaciones que subían al cielo a través de su mirada, y que, al mismo tiempo, compartía con los ahí presentes.

Aunque inesperado, al sentir las dulces palabras de Antonieta, el anciano erigía en su mente la posibilidad de una buena vida para su hija, y pese a su penosa ausencia, la buena suerte no la había abandonado. Con esa garantía, le había sido concedido formar una familia y eso le generaba una gran felicidad. El rostro de Antonieta le recordaba al de su esposa: llena de bondad y de ternura. Y aferrándose a su recuerdo, musitó:

—¡Elisa!, ¡Oh, Elisa! ¡Tan llena de ternura!, ¡cuánta falta me has hecho!

Antonieta en su comprensión, no quiso desmentirlo y se limitó a acariciarle sus mejillas con ternura.

Desde la noche anterior comenzaba a notarse un amoratamiento en el cuerpo del enfermo. Sus piernas presentaban una visible inflamación, síntomas de la hipoxemia, y sus capacidades se veían disminuidas.

Suplicante del tiempo como aliado. Consciente de su incapacidad, se precipitó al cumplimiento de su más anhelado deseo. Buscó el rostro de Sonia y mirándola con mucha angustia, musitó:

—¡Perdóname, hija!, ¡perdóname!, te he fallado, ¡perdóname!

Aquellas frases, pronunciadas con mucho esfuerzo y que rajaban el aire a su paso, reflejaban un gran sufrimiento, y más allá de sus dolencias físicas, podría contemplarse en su interior, un espíritu que buscaba liberarse de una gran pesadumbre.

Al comprender que sus palabras eran correspondidas con un silencio indulgente, sus ojos se llenaron de lágrimas, hasta desbordarse por sus mejillas.

Los matices de aquella escena reflejaban una tristeza desgarradora.

Todos estaban visiblemente consternados. La patrona no pudo reprimir el llanto, y acercándose para estrechar el cuerpo desamparado de Sonia, quien rebasada por la conmoción también lloraba desdichadamente, procuraba compartir el consuelo.

Catalina encontró refugio en el hombro de Octavio, y con el antebrazo colocado sobre su frente, encubría su tristeza y sus lágrimas.

Aunque con sus ojos llorosos, Antonieta permanecía más reconfortada. Sostenía la mano de su abuelo como en señal de otorgarle la misma gracia que su madre.

Octavio permanecía de pie, y sin que por ello lograra obstruir el flujo de sus lágrimas, cerró sus ojos. Sumió la cabeza en su pecho y se abstrajo en todo tipo de reflexiones con los brazos cruzados en su espalda.

Aquella escena presagiaba un fatal desenlace, y sobre ese hecho inevitable, Octavio se esforzaba por encontrar la resignación y el aliento. Motivado por su buen proceder, logró alcanzar un mayor ánimo. "Sentir satisfacción en ese infortunio parecería una insensatez, sin embargo, desde el día en que conoció a Pablo, se vio involucrado en una tragedia ocurrida cincuenta años atrás y al presenciar su desenlace, viendo cumplido el deseo de su amigo, le justificaba de esa pequeña indiscreción".

Sus reflexiones fueron interrumpidas de pronto cuando escuchó la voz quebrada de Pablo que le llamaba.

—Octavio, ¡el cofre!, ¡el salmo!, ¡la carta!, ¡páseme la carta! —articuló el moribundo pausadamente, no sin esfuerzo, pero sí con claridad.

El joven se acercó al pequeño baúl y extrajo de su interior dos hojas de papel. Estaban cuidadosamente dobladas y por separado. Eran de una consistencia acerada y un poco más gruesas que la del papel común. Su color había pasado de una tonalidad del blanco al amarillamiento, decoloración que podría atribuirse a la corrosión provocada por el tiempo.

En una, estaba el salmo 51, cuidadosamente escrito a mano y en dos columnas sobre una misma página. En la otra, se encontraba un escrito dirigido a Sonia, con la misma caligrafía que el anterior, pero al ser más extenso ocupaba ambos lados de la hoja.

Al no haber ninguna fecha estampada, era imposible calcular su antigüedad, pero de la consistencia del papel y de la caligrafía, podrían obtenerse estimaciones aproximadas.

De la caligrafía, por ejemplo, la redondilla revelaba una exigencia en la motricidad de la mano, difícil de conservar en la edad avanzada, por lo tanto, tendrían que restársele varios años a la edad de Pablo para estimar una fecha.

La consistencia del papel también aportaba elementos significativos. La elección acerada parecía tener la intención de perdurar por muchos años y en una batalla contra la humedad y el calor. Esta rápida inspección haría sospechar a Octavio que estos escritos podrían haberse realizado durante el tiempo en que Pablo había permanecido en la prisión.

Pero de estos análisis tendría que ocuparse posteriormente.

—¡La carta, joven!, ¡la carta! —insistió el anciano.

Octavio se acercó al moribundo dispuesto a entregarle el papel, pero una mirada de profunda imposibilidad rogaba por una intervención más de aquel entrañable amigo.

El joven tomó el papel con ambas manos. Una noción de su contenido, lo predisponía a transmitir el mensaje sin defraudar su intencionalidad. Respiró profundamente y comenzó a leer con esmerada modulación.

"¡Oh! mi querida Sonia, cuantos días, cuantas noches he sufrido tu ausencia, no me ha sido posible presenciar tus primeros pasos, tu primera sonrisa, tus primeras palabras. Todo me ha sido arrebatado. He lamentado cada día de mi vida por no haber estado cerca de ti, para guiarte y cuidarte, ofrecerte mis brazos para protegerte y llenarte de ternura. Tomarte de la mano y caminar juntos bajo la sombra de los árboles y la caricia del viento. Ser testigo de tu alegría, de tus tristezas y tus llantos. Ser tu fortaleza en tiempos de debilidad y procurarte palabras de aliento para enfrentar los encaros de la vida. Cuanto he anhelado el poder abrazarte y decirte lo mucho que te he amado, contemplar tus sueños al dormirte y tu sonrisa al despertar.

Cada vez que cumplías año, me emocionaba hasta los huesos, creía que las cosas se resolverían pronto, y te buscaría para retomar nuestras vidas y devolverte el cariño y el tiempo que nos había sido arrebatado. En mi sombría soledad, rezaba por tu felicidad y tu prosperidad, pero de nuevo me embargaba la angustia. Y así pasó tu niñez, tu adolescencia y tú juventud.

Ahora que el tiempo ha pasado despiadadamente, la esperanza ha envejecido conmigo y las fuerzas han comenzado a abandonarme. Mi corazón se ha llenado de incertidumbre, es un cascarón, está hueco, no tengo nada que ofrecerte y eso me tortura aún más. Beber un sorbo amargo me resulta más reconfortante que buscar el alivio.

Elisa fue una estupenda mujer. Se conducía con mucho respeto y se guiaba por sus buenos sentimientos. De ella no guardes la menor duda, pues te amó con todo su corazón. Cada vez que te dormías en sus brazos, te observaba con mucha ternura, y te absorbía por completo con su tierna mirada. Te procuraba de todo tipo de cuidados y atenciones. ¡Lo eras todo para ella!

Quiso el destino separarnos de una manera trágica, y desde aquel día he padecido una amarga desdicha. Ahora sólo me resta pedir tu perdón, pues mi alma necesita de la liberación. Y con gusto abandonará este cuerpo para ir gustoso a donde tu madre, y desde el cielo, rogaremos por tu bienestar...

Hasta este momento, la garganta y el pecho de Sonia habían permanecido tensos durante la lectura, pero las últimas palabras darían lugar a que soltara el llanto reprimido.

Aquellas palabras la habían quebrado inevitablemente, pero además le concedían el derecho de llorar con toda su amargura, esa carta la estrechaba en un vínculo de infalible paternidad.

Los presentes, que permanecían en el hilo de la lectura, compartían el sufrimiento y sus lágrimas con aquella mujer, el relato los había envuelto en la consternación.

Sonia tomó la mano de su padre y con mucho cariño le dio un beso en la frente.

La revelación de la carta parecía haber traído la liberación de una promesa, y aquel beso le otorgaba la absolución de su hija. Su más grande deseo, el que le siguiera por muchos años, por fin se veía cumplido.

Sin embargo, esa descarga le había provocado un serio relajamiento y su cuerpo le comenzó a cobrar el sobreesfuerzo.

Sonia por su parte, en su consternación, se interrogaba y decía frases inconclusas.

—¿Por qué, padre?, ¿por qué hasta ahora?, ¿cuánto tiempo?, ¿cuánto tiempo ha pasado? ¡Oh! ¡¡¡Dios mío!!!

El convaleciente, consciente del fatal desenlace, con su limitado entendimiento logró llegar a un detalle del que no debía olvidarse.

Con mayor esfuerzo y casi ininteligible, musitó:

—Octavio, amigo.

Octavio se acercó, tomó la mano que el anciano le ofrecía y la apretó suavemente entre la suya. El joven le sostuvo la mirada y dentro de sus ojos humedecidos, percibía un infinito agradecimiento y dulzura. Sin lugar a duda, Pablo deducía que todo lo ocurrido lo debía a la determinación y a la nobleza de su entrañable amigo, y estaba dispuesto a expresárselo.

—¡amigo!, ¡gracias!, ¡gracias!
—te agradezco
—Dios…, ¡Dios esté contigo, por siempre!

—el salmo, el salmo, por favor.

Octavio, con el semblante oprimido por la tristeza, tomó el

papel y comenzó a leer.

"Ten piedad, oh Dios, en tu bondad,

por tu gran corazón, borra mi falta.

Que mi alma quede limpia de malicia,

Purifícame de mi pecado.

Pues mi falta yo bien la conozco

y mi pecado está siempre ante mí;

contra ti, contra ti sólo pequé,

lo que es malo a tus ojos yo lo hice.

Por eso en tu sentencia tu eres justo,

no hay reproche en el juicio de tus labios".

En el seguimiento de la lectura, Pablo, con un movimiento apenas perceptible, movía sus labios. Se había aferrado al significado de aquel Salmo, y en su aflicción, seguramente lo había repetido en incontables ocasiones, por lo que ahora, podía recitarlo maquinalmente.

Aunque sus ojos mostraban una gran pesadez, en un recorrido logró observar a cada uno de los ahí presentes.

… Tú vez que malo soy de nacimiento,

pecador desde el seno de mi madre.

más tú quieres rectitud de corazón,

Y me enseñas en secreto lo que es sabio.

Rocíame con agua y quedaré limpio;
lávame y quedaré más blanco que la nieve.
Haz que sienta otra vez júbilo y gozo
y que bailen los huesos que moliste.

Aparta tu semblante de mis faltas,
borra en mí todo rastro de malicia.
Crea en mí, oh Dios, un corazón puro,
renueva en mi interior un firme espíritu.
No me rechaces lejos de tu rostro
ni me retires tu espíritu santo.
Dame tu salvación que regocija,
Y que un espíritu noble me de fuerza.
Mostraré tu camino a los que pecan,
a ti se volverán los descarriados.
Líbrame, oh Dios, de la deuda de sangre,
Dios de mi salvación,
y aclamará mi lengua tu justicia.
Señor, abre mis labios
y cantará mi boca tu alabanza.
Un sacrificio no te gustaría,

ni querrás si te ofrezco, un holocausto.

Mi espíritu quebrantado a Dios ofreceré,

pues no desdeñas a un corazón contrito.

Favorece a Sión en tu bondad:

reedifica las murallas de Jerusalén;

entonces te gustaran los sacrificios,

ofrendas y holocaustos que se te deben;

entonces ofrecerán novillos en tu altar".

Al finalizar la lectura, Pablo fue cerrando sus ojos lentamente, y su cuerpo desvaído, se durmió para siempre.

Sonia se acercó visiblemente entristecida, se inclinó y con un tercer beso en la frente, sellaría con amor el anhelado perdón de su padre.

Al abandonar el espíritu su cuerpo, un último suspiro se escaparía de aquel mísero despojo, y Pablo, marcharía con el cariño de su hija, y llevándose consigo, el más grande de sus anhelos —¡su perdón!

En pocos minutos hacía presencia el médico, quien a petición de la patrona había llegado a testificar lo que todos ahí, daban por hecho.

—¡Ha muerto! —exclamó.

—¡El abuelo ha muerto!

Deslizó la palma de su mano sobre el rostro del cadáver para relajar los parpados y cerrar por completo sus ojos.

Dejando de lado su profesión, en un gesto humanitario, procedió a dar el pésame a los dolientes.

Y considerándose en el deber de orientarlos en los trámites respectivos, respetuosamente se apartó junto con la patrona y la señora Sonia para referirles el procedimiento.

La precautoria disposición de la patrona haría que los requerimientos que surgen de un acontecimiento de tal naturaleza fueran atendidos sin mayor contratiempo. Su carisma y los círculos sociales con los que se relacionaba, merced a su devoción religiosa y a sus prácticas altruistas, le mantenían en contacto con un gran número de personas de diversas ocupaciones y profesiones. Y en aquella ocasión, sólo bastaría con despachar sus peticiones a través de sus íntimos, para que fueran atendidas con prontitud.

Una vez liberado el Certificado Médico de Defunción, y la solicitud y obtención de la licencia de entierro, así como la inscripción en el registro civil, por medio de los cuales se recuperaba la posesión del cuerpo, se estaba en condiciones de ejercer la debida sepultura.

El servicio funerario haría su labor y el cuerpo quedaba preparado para su velatorio.

Con la ayuda del señor Rogelio y de su hijo Santiago, inquilinos de la señora Esperanza, se logró la colocación de veinte asientos en el pasillo. Algunos vecinos y curiosos podrían acompañar los rezos y el velatorio, y con su participación, hacerse agasajar con los bocadillos y bebidas que se habían elaborado con esmerado propósito.

Al caer la tarde y con la presencia aproximada de quince personas, representadas mayormente por mujeres, se ofrecían los rezos en favor del difunto.

Después de aplicarse el sahumerio con la resina granulada del olíbano, comenzó a propagarse el humo del incienso por todos los rincones.

El rezo, el canto y el aroma despedido por la gomorresina, le conferían a aquel ritual una solemnidad que transportaba al espíritu por los terrenos inaccesibles del misterio, para devolverlo doblegado, al duelo y a la resignación.

Antes de la media noche, la compañía del difunto se había reducido a no más de siete, los cuales permanecerían en vigilia hasta las siete de la mañana del día siguiente, hora en que sería levantado el féretro para trasladarlo a la Parroquia, a donde la patrona, aprovechando las buenas relaciones que mantenía con el sacerdote, había gestionado que, en la celebración de la misa de ocho de la mañana, pudiera despedirse el cuerpo del difunto antes de ser trasladado al panteón para su cristiana sepultura.

Tres toques graves de campana, seguidos por dieciocho toques alternados entre medios y agudos, darían aviso de la llegada del difunto. Curiosos intercambiaban miradas interrogantes, tratando de identificar al desconocido.

La iglesia lucía bellamente decorada. En su bóveda central, al igual que en los ventanales, se apreciaban claramente representaciones de santos, de apóstoles y de la Ascensión de Jesús, diseñados en vitrales con un colorido exuberante.

En las paredes habían empotradas escenificaciones del viacrucis de Jesús, bellamente esculpidas en madera, no mayor a los cuarenta centímetros de alto. Desde la entrada principal, un pasillo lustrosísimo se prolongaba hasta rematar al pie del altar, en los que a su costado al igual que en la parte del retablo, se había adornado con bellos ramos de flores.

En su ala derecha, un coro integrado por niños, jóvenes y adultos, que superaba ligeramente los veinte entre varones y mujeres, permanecía en espera. Todos vestían completamente de blanco y a juzgar por su serenidad, se mostraban muy experimentados.

Por ser la misa dominical, el recinto estaba completamente ocupado, y aunque todos seguramente rezarían por el alma del difunto, pocos probablemente recordarían haberlo visto a las afueras de la iglesia en el penoso ejercicio de la mendicidad.

Con el introito, dio inicio la ceremonia: "En el nombre del Padre, y del Hijo, y del Espíritu Santo. Amén".

El Acto Penitenciario, El Gloria, la liturgia y el aleluya, tendrían ceremonioso seguimiento, hasta llegar al evangelio:

"Un hombre dio un gran banquete e invitó a mucha gente. A la hora de la comida, envió a su sirviente a decir a los invitados: "Vengan, que ya está todo listo".

Pero todos por igual comenzaron a disculparse. El primero dijo: "Acabo de comprar un campo y tengo que ir a verlo; te ruego me disculpes".

Otro dijo: "He comprado cinco yuntas de bueyes y voy a probarlas; te ruego que me disculpes". Y otro dijo: "Acabo de casarme y por lo tanto no puedo ir".

Al regresar, el sirviente se lo contó a su patrón, que se enojó. Pero dijo al sirviente: "Sal enseguida a las plazas y calles de la ciudad y trae para acá a los pobres, a los inválidos, a los ciegos y a los cojos".

Volvió el sirviente y dijo: "Se hizo lo que mandaste y todavía queda lugar".

El patrón entonces dijo al sirviente: "Vete por todos los caminos y por los límites de las propiedades y obliga a la gente a entrar hasta que se llene mi casa. En cuanto a esos señores que había invitado, yo les aseguro que ninguno de ellos probará mi banquete".

El joven Octavio, incitado por ciertas corrientes filosóficas y de pensamientos teológicos, guardaba sus reservas y se mantenía al margen de las doctrinas religiosas, pero ya desde el inicio de la ceremonia, cuando se entonó el canto del Gloria, acompañado por el sonido inconfundible del viejo piano de cola, las fibras de su cuerpo se habían ablandado. Esa resistencia y el recelo con que antes cuestionara todo respecto a la religión y sus protocolos, parecían desvanecerse como la espesa niebla, y ahora, esas palabras escritas a casi dos mil años atrás lo volvían dócil y perceptivo.

El mensaje leído por el clérigo había trascendido en el tiempo, y en ese instante resurgía lleno de esperanza, y que lejos de desdeñar la penosa situación del anciano, parecía haber venido a condecorarla.

"¿Qué importa si el hombre lo gana todo, si al final se pierde?" —resonaban en su mente esas palabras.

Y dentro de ese féretro, morada en cuyo propósito no hay distinción de ninguna clase, yacía el cuerpo recostado de su amigo, a quien el tiempo infalible, había traído una invitación remitida por el mismo rey de reyes, dos mil años atrás. Y hoy al recibirla, seguramente acudiría para participar de ese gran banquete.

Que reconfortante había sido el evangelio, y con la homilía del sacerdote, profusa en el sentido de las bienaventuranzas del cielo, parecían llenar a la feligresía con las mismas esperanzas. Y aquellas dos mujeres, parientes únicas ahí presentes, encontraban la resignación y el consuelo.

Al término de la ceremonia, el sacerdote descendió los escalones del altar, se acercó al féretro y permaneció unos segundos en su contemplación.

En aquel momento, no podría tener mayor revelación la máxima del génesis sobre el juicio final para el hombre: "porque eres polvo y al polvo volverás".

Luego, asperjando con ramas de albaca el agua bendita sobre el féretro, lo santiguó: "En el nombre del padre, y del hijo, y del espíritu santo. Amén".

Los prosélitos abandonaron el templo de a poco, hasta que aisladas en el centro no quedaron más de veinte. De una esquina del féretro se ocuparía el joven Octavio, del lado contiguo el chofer de la carroza, y del otro extremo, se haría cargo el señor Rogelio y su hijo, el joven Santiago.

El féretro, con la misma orientación con la que había entrado, ahora abandonaba el recinto sagrado. Cuidando que los pies del difunto estuvieran orientados siempre hacia adelante. Con los pies hacia el altar durante la ceremonia, y con los pies hacia la salida al término de esta. "Esta antigua tradición litúrgica cristiana, indica que el cristianismo no cree en la muerte, sino en la vida eterna y en la esperanza de la resurrección".

Desde la iglesia hasta el cementerio, la carroza avanzaría las ocho cuadras que distaba, seguidas a pie por los pocos dolientes, entre los que se encontraba: Sonia, Antonieta, la patrona, Catalina, y algunos vecinos y conocidos de la patrona.

Al llegar al cementerio, no con menos esfuerzo, el féretro fue trasladado hacia donde ya aguardaban en la fosa, el panteonero y dos ayudantes.

Fue hasta ese momento que Octavio pudo notar la presencia de su amigo Esteban, quien haciéndose acompañar por su novia Katherine, guardaban la solemnidad portando ropa oscura. La joven traía en sus manos un ramo de flores, mientras que Esteban, al haber apoyado la pica del violonchelo en el suelo, lo sujetaba del mástil con su mano derecha.

A esa hora de la mañana, que no pasaba de las once, el sol había sido compasivo. Y aunque no había señales de ninguna precipitación, el cielo se veía ligeramente nublado, matizando con tonos grises, aquel momento fúnebre.

Antes de iniciar con el descenso del ataúd, a través de la ventanilla, Sonia vería una vez más y por última ocasión el rostro de su padre. Aunque confortada por los brazos de Antonieta, no logró contener el llanto.

Con el descenso, comenzó a escucharse el sonido grave de aquel mágico instrumento. Provenía a escasos metros donde el joven Esteban, a falta de un taburete, se había sentado en la esquina de una tumba, y con el violonchelo entre sus piernas, la cabeza pegada al mástil y abrazándolo con discreción, ejecutaba de memoria un extracto de la décima novena sinfonía de Mozart.

De aquel réquiem, podría distinguirse: La lacrimosa "el día de la lágrima".

"Lleno de lágrimas será aquel día.

En que resurgirá de sus cenizas.

El hombre culpable para ser juzgado;

Por lo tanto, ¡Oh, Dios!, ten misericordia de él.

Piadoso Señor Jesús, Concédele el descanso eterno. Amén".

El mágico sonido de aquellas notas, valdrían el llanto de todo un pueblo. Sublime y llenas de tristeza, parecían arrancarle gemidos al viento.

Otras notas fueron ejecutadas, el aire transportaba la nostalgia y el sufrimiento. Parecían manifestar que, en aquella soledad, el hombre ve finalizado sus afanes y sus angustias, y no puede escapar de aquella amarga sentencia:

"Con fatiga sacarás de ella el alimento por todos los días de tu vida. Espinas y cardos te dará, mientras le pides las hortalizas que comes. Con el sudor de tu frente comerás tu pan hasta que vuelvas a la tierra, pues de ella fuiste sacado".

Los últimos golpes con que la obra del hombre sellaba el sepulcro, terminarían por opacar los débiles sollozos.

Conscientes todos del ciclo de la vida, dejarían atrás el episodio para volver a sus ocupaciones.

No sin antes repartir toda clase de agradecimientos, Sonia fue despidiendo a cada uno de los acompañantes, hasta quedarse solamente en la compañía de la patrona, Catalina, Antonieta, Octavio, Esteban y su novia.

La ocasión fue aprovechada por Octavio, quien después de saludar fraternalmente a Esteban y Katherine, procedió a presentarlos.

Además del agradecimiento, la interpretación del joven fue por mucho elogiada, había tenido la magia de transportar el dolor, de la resignación a la plenitud, procurándole consuelo al alma. Y en justo reconocimiento, todos le abrazaron y le desearon toda clase de suerte al momento en que se despedía en compañía de su novia.

Con el presentimiento de que con el sepelio se aproximaba la despedida de Sonia y de Antonieta, en un gesto de hospitalidad, la patrona invitó a los presentes a tomar el té en su casa. Esto propiciaría el ambiente necesario para desahogar los detalles de los últimos acontecimientos.

En un ambiente de mayor confortación, con ayuda de los estímulos relajantes del té, la resignación traería consigo la clarividencia, y con esta facultad, las acciones realizadas por Octavio serían enaltecidas, y en ultimo orden, se le agradecía el haber invitado a su amigo Esteban al funeral.

En mayor cuantía, serían los agradecimientos para la patrona, el haber proporcionado refugio al señor Pablo por varios años, la dignificaba muy en alto por toda su generosidad. También se había hecho cargo de los preparativos del velatorio, la misa y la sepultura, lo cual le significaba un gesto de infinito agradecimiento por parte de Sonia y Antonieta.

De Catalina se harían distinguir, su atención y su disponibilidad, su ayuda había sido de suma importancia. Además, su obstinada creencia respecto a las casualidades, hasta ese momento, los hechos le concedían estimables consideraciones.

Sin embargo, con el desahogo de los pormenores, comenzaba a percibirse un sentimiento de nostalgia. Y a como se anticipaba, había llegado el momento de partir. Otra vez Catalina, se encargaría de que las pocas pertenencias con las que habían viajado aquellas dos mujeres estuvieran a su alcance.

Los abrazos se encargarían de sellar los lazos de agradecimiento y de amistad que ahora las unían, y ayudarían a mitigar las afecciones de la despedida.

Al cruzar el umbral de la puerta principal, al punto de bajar por los escalones, Antonieta advertía que en la habitación que ocupara su abuelo, había quedado el pequeño baúl con los dos escritos en su interior. El hecho de haber olvidado la carta dirigida a su madre, y que ahora adquiría un gran valor sentimental, le provocó un sobresalto.

Apresuró su descenso, y en compañía de Octavio, atravesó el largo pasillo hasta adentrarse en la pequeña habitación. El entorno se sentía lúgubre, aún se percibía el aroma de las flores mezcladas con el olor de las velas y el incienso, y sin la presencia del abuelo, la soledad inundaba el cuarto con infinita melancolía.

La joven avanzó hasta la cajonera, y en su intento por sostener el pequeño baúl y guardarlo con el resto de sus pertenencias, por el estado de extremo cansancio en que se encontraba, lo dejó caer.

En el cumplimiento de las leyes de la física, al buscar su centro de gravedad, el baúl giraba en el aire hasta impactarse en el suelo de concreto.

El impacto perturbaría aquel fúnebre silencio, pero al mismo tiempo despertaría a la sorpresa y al asombro, y que, además, en la pupila dilatada de los jóvenes, podría adivinarse que la sorpresa no era menor.

Sobre el suelo y a un costado del baúl, brillaba una piedra de color rojo intenso y del tamaño casi como el de una nuez. De tamaño mucho menor, otras dos piedras se encontraban sobre un pequeño manto de seda de color rojo oscuro.

Con incertidumbre, Antonieta se apoderó de la pieza de mayor tamaño, mientras que Octavio, recogió las otras dos.

Al sopesar las gemas y al analizar sus características físicas, podría deducirse que se trataban de joyas de un gran valor, y por su color rojizo, la certeza de que se trataba de rubíes. Los jóvenes intercambiaron miradas, el asunto ameritaba total discreción y debía abordarse con mayor serenidad.

El baúl, junto con los dos escritos fueron guardados en el bolso de Antonieta, cada cual, permanecía en posesión de las piedras obtenidas. Y en otra rápida inspección, una delgada base de madera y el pequeño manto de seda fueron levantados del suelo e introducidos en el mismo bolso.

Con un profundo respiro, Antonieta daba por finalizada aquella inesperada agitación, y aunque su abuelo ya no estaba presente, en una muestra de respeto y de eterna despedida, hizo una reverencia hacia donde el día anterior había estado su cuerpo. El joven Octavio con la misma solemnidad, repitió el gesto y ambos abandonaron la habitación.

Epílogo

Capítulo I

En la hermosa ciudad de parís, a un costado de la Place du Trocadero, se erige el Museo de l'Homme, sobre su terraza, y bajo un enorme parasol rojo de una romántica cafetería, se encuentra sentada la joven Antonieta. Ataviada elegantemente y cubierta con un hermoso abrigo azul claro, su cabello suelto que ondula suavemente con la brisa está cubierto con un gorro bordado en tres colores. En su parte inferior de un color azul profundo, una franja gris en su mitad y una roja en su parte superior. Sobre su cuello cuelga una bufanda del mismo azul que su gorro. Sus Jeans y sus botas en color negro le protegen del frío, pues la temperatura ha descendido a los 6 °C. Su maquillaje es discreto, y sus grandes ojos aceitunados matizan el brillo del enamoramiento. Con su sonrisa franca y la distinción que le propicia su belleza, no hace más que radiar de felicidad.

De frente, absorto en la contemplación de aquella hermosa mujer, se encuentra de muy agradable aspecto, el joven Octavio. Cabello corto, ligeramente envaselinado y alborotado, vestido elegantemente con ropa casual y cubierto con un abrigo negro. Ambos sonríen alegremente mientras esperan a que les sirvan el café.

Han pasado siete meses desde aquel acontecimiento. Y en la ciudad del eterno romanticismo, un suceso de gran importancia debiera estar a punto de ocurrir, de magnitud tal, como para justificar el motivo por el cual los jóvenes han viajado miles de kilómetros hasta allí, y enfrentar las brisas frías de la llegada del invierno.

Cuando en aquella ocasión, al cerrar la puerta de la habitación y dejar atrás el episodio luctuoso, al atravesar por el largo pasillo y encontrarse a Catalina a su paso, les sonrió con un gesto airoso y recordó a Octavio que las casualidades no existen, que los acontecimientos en la vida esconden un propósito que no siempre es posible develar. Hubo muestras de simpatía y de profundo agradecimiento por parte de los jóvenes hacia Catalina, quien después de haber recibido los gestos del saludo y vaticinando la despedida, conmovida por su espiritualidad, los abrazó y les deseó toda clase de suerte, mientras sus ojos se nublaban con lágrimas que reflejaban un profundo sentimiento de cariño.

A partir de ese día, Octavio no se apartó un solo momento de Antonieta y de Sonia, y se constituía en el único personaje que podría darles informes fidedignos de la vida de aquel infortunado, pues se sabía que Pablo le había revelado a detalle los acontecimientos de la tragedia, y las penalidades que le fue preciso soportar.

Sonia escuchaba emocionada cuando el joven hacia largos pronunciamientos de lo mucho que su padre la amaba, de cómo su madre, la señora Elisa, la miraba con ternura cuando quedaba dormida en su regazo y de cuando la arrullaba mientras la paseaba por el jardín. Le hizo sospechar que posiblemente había sido concebida en uno de los viajes de paseo que sus padres habían realizado por el Cairo, y que por sus venas podría correr sangre faraónica. Si bien, esto último podría interpretarse que se trataba de un recurso de la retórica, eran muestras del esfuerzo que el joven hacía por imprimir los recuerdos en las mentes de aquellas dos mujeres, además, procuraba de no alterar ninguna de las palabras que le habían sido confiadas por su amigo. Estos gestos, de la nobleza de su espíritu, no pasaban desapercibido por Antonieta, a quien le resultaba difícil ocultar su encantamiento por el joven.

En una ocasión, —dirigiéndose a Sonia, Octavio narraba un gesto humanitario de su padre:

"Durante su encarcelamiento —le narraba en tono glorioso—, Pablo ofreció donar su sangre para un moribundo a quien no le brindaban la atención necesaria. Al realizar las gestiones con numerosos escritos dirigidos al administrador de aquel penitenciario, le exhortaba a trasladar al desfallecido a un nosocomio para su valoración.

En sus argumentos exponía, que aquel infortunado, lejos de ser un peligroso delincuente, representaba un número más en la estadística de las personas a quienes la desgracia los arrebata por designios desconocidos, y que de cualquier manera, al ser considerado el ser humano una especie superior, en respuesta a tal designación y de representarla con destacada dignidad, éste debiera obrar sin distinción hacia sus congéneres, y que si era necesario, él se ofrecía como voluntario para donar la sangre que fuera necesaria y procurarle su recuperación.

Esos argumentos, matizados con frases de adulación hacia los representantes de aquel penitenciario, lejos de considerarse como un acto provocativo y de ser tomados al inicio con curiosidad, fueron removiendo los sentimientos de compasión que yacen dormidos, hasta en el más insensible de los hombres.

Debido a la intervención de su padre —destacaba Octavio— el infortunado fue atendido oportunamente de una grave lesión. Tiempo después y en completa recuperación, resultó ser un antropólogo con quien entabló una gran amistad y con quien, gracias a sus estudios orientados al análisis de la conducta humana, debatían temas respecto a los actos de la fe y del milagro. Y de otros misterios en los que el hombre se ve atraído por tratar de descifrar.

"Desde sus hostiles razonamientos y a costa de acaloradas discusiones con otros reclusos, concluían que el milagro puede clasificarse en diversas etapas, y manifestarse por intervención divina para la gloria de los corazones humildes.

En su primera etapa —exponía el antropólogo—, cuando se es inexperto, indefenso y falto de conciencia, sucede como cuando el pequeño comienza a dar sus primeros pasos. Detrás, aunque no lo perciba, con todo frenesí de emociones camina su padre, que a la menor vacilación intervendrá más pronto que el rayo para impedir su caída.

En la segunda etapa, cuando en un plano más consciente y experimentado nos encontramos en una situación en la que nuestra desventaja con relación al éxito es de mil a uno, ya sea que ésta, esté motivada por el cumplimiento de un deber o por la persecución de un sueño, y en ambos casos, el hecho constituya un suceso voluntario. Si por algún motivo, tenemos el compromiso de bajar a través de un pozo profundo e inseguro, o sumergirnos en las aguas oscuras y abismales de un lago, o de alguna caverna subterránea; en la escalinata de una montaña escabrosa o de muy elevada altura sobre terrenos hostiles, y los cálculos nos indica que existe una elevada posibilidad de que al estar nuestras vidas en peligro no sobrevivamos. Es entonces, cuando ese plano racional nos abandona e instintivamente acudimos a la divinidad para solicitar los favores del cielo.

"¿Y por qué no evitar todas esas penurias y tormentos?" —se interrogaba el antropólogo para su contradefensa.

Es porque el hombre no ve comprometida su seguridad hasta

que no le han puesto la soga al cuello, por eso, encara de buena gana todas esas dificultades. Pero cuando se encuentra parado de puntitas en la orilla del acantilado, es cuando se abre a las posibilidades que están fuera de su alcance, y se agarra como el náufrago al primer tronco que le ayude a flotar.

Claro que dicho acto debe estar motivado por un profundo gesto de humildad, desprovisto de todo sentimiento de arrogancia, y es entonces, cuando ese clamor etéreo actúa con el beneficio promovido por la fe. Y el milagro se manifiesta.

¿Y por qué no admitirlo? —conjeturaba el docto. Cualquiera en su acervo histórico ha sido testigo de acontecimientos que sólo encuentran su explicación en el dogma del milagro, y en tanto la ciencia no demuestre con sus habilidosos formulismos lo contrario, es digno de considerársele en tal manifiesto.

—Considérese, además —disipaba con aprehensión—., que el milagro no precisamente debe ocurrir en situaciones de muerte. Y que existen tantas maravillas que acontecen en una armoniosa sincronía que, por tales circunstancias, ostentarían tal denominación.

Por otra parte, el hecho de que la ciencia pueda explicar un acontecimiento, no hay razón para demeritar con tanta presunción la ausencia del milagro, porque, de hecho, la explicación misma, cuando está integrada por una fantástica argumentación, se apetece casi, hasta milagrosa.

Sin embargo, se había generado un acentuado desacuerdo con aquellas pretensiones en las que se intenta provocar el milagro, y contra aquellos actos que anhelan la predisposición de las personas y de su fe, para recibirlo.

En una ocasión, dentro de la prisión, se habían involucrado sin comprender completamente el motivo, en un evento en el cual, explícitamente se les había convocado a los ahí creyentes, a una asamblea de sanación religiosa.

En un intento por justificar las buenas acciones del mentor, sin importar el método que emplease para la ejecución de su buena obra, no pudo salir ileso de sus fríos cuestionamientos.

Aplicando el sentido de la lógica, bajo el razonamiento en cuya intensión se sustentaba el hecho de que los ahí presentes, los olvidados y despreciados reos, estaban por mandato divino invitados a sentir el prodigio, y sus dolencias físicas, y por consecuente del alma, producto de las transgresiones humanas, serían removidas del cuerpo, como la mugre misma.

Deducían que esa invitación, al predisponerlos a tal acontecimiento, infringía un grado de compromiso, y que, seguramente involucraría a alguien como responsable. Bajo una habilidad muy ingeniosa, no habría pues, porque temer a esa responsabilidad, así que dio inicio el solemne ritual, bajo la recomendación de que el milagro, solamente era la manifestación del acto de la fe de cada uno de los ahí necesitados.

El ritual, que al inicio era parsimonioso, acompañado de cantos y música mediadora, y orquestado por muchos entusiastas que acompañaban a aquel iluminado, pronto comenzó a convertirse "antes que aquellos menesterosos" en un acto de mayor vehemencia.

Como en un desafío por intentar a base de la insistencia de fervorosos gritos, arrancar la fe de aquellos consternados reos, evocando la intervención de la divinidad para que los infortunados, arropados por el amparo de su propia convicción, quedaran sanos de todo tipo de dolencias: que los ciegos recobraran la vista, que sus lesiones fueran sanadas, que las llagas de su piel desaparecieran, y así, algunas calamidades visibles y casi comunes en las penitenciarias.

Pero, en coincidencia de opinión, es sabido que, para arrancar una planta de un suelo árido, el esfuerzo debiera se mayor, porque sus raíces, en un esfuerzo por la sobrevivencia, han profundizado aún más, y arrancar la fe de aquellos desdichados, no representaba un trabajo menor. Como era de suponerse, si al menos, alguno de aquellos desanimados, impulsado por un gesto de simpatía y quizás hasta de complicidad, hubiera manifestado una visible recuperación, sentimientos de cooperación que sería imposible de esperar que ocurrieran en ese lugar, el mentor habría adquirido un aire casi de gloriosa vanidad. Pero al no ocurrir el esperado acontecimiento, tampoco habría motivo para mortificarse, pues con esas garantías, en esos terrenos del saber, no es posible encontrarse de frente con el fracaso. Y la culpa, si es que debiera ser preciso señalarla, tendría que ser atribuida a la falta de fe de esos desterrados. Así que, en tales circunstancias, aquel penoso evento, pasó sin el menor escudriño por parte de aquellos defraudados incrédulos".

De cualquier modo —rescataba Octavio—, su señor padre se mantuvo firme en la fe, y estos razonamientos le eran necesarios para mantener el espíritu en la razón.

Después de abandonar la prisión, en lo que siempre consideró como un acto de desalojo, encontrándose con el espíritu oprimido y un vacío en su corazón, viajó al sur en busca de la rehabilitación de su alma.

En contacto directo con la naturaleza, se entregó al desempeño de labores extenuantes en los campos. En un sentimiento que surgía de su espíritu fortalecido, ofrecía sus fatigas al Sol como una ofrenda que seguramente éste, entregaría al creador, pues cuando se posaba en el cénit casi inamovible, se lo figuraba como un enviado del Omnipotente para atestiguar su redención.

Este comportamiento afanoso y sin lamentaciones, le valió el aprecio de los peones, en quienes rápidamente encontró una manera desprendida de vivir, y de cierta manera milagrosa. A pesar de ser una vida asechada por la escasez, estaba lejos de las ambiciones enfermizas, y eso le propiciaba una atmósfera respirable. De esa manera, no sentía la opresión que seguramente le perturbaría en las grandes ciudades.

Destacó que, en un gesto altruista, Pablo se ofreció a la enseñanza de la escritura y la lectura a los peones y a las cocineras que carecían de esos conocimientos, y que tiempo después, algunos de ellos le externaron en nota escrita con su propio puño y letra, de lo mucho que le estaban agradecido.

Con sus conocimientos de Arquitectura, había contribuido enormemente en la rehabilitación de los establos, de las casas de los peones, y hasta de la gran casona. Por lo cual, en el momento de su partida, el señor Vázquez no dejó en el descuido sus aportaciones y le remuneró con algo de dinero, y hasta con una medalla religiosa a la cual confiaba su cuidado y prosperidad, gesto que provenía del aprecio que le tenía y de haber llegado a considerarle como a un verdadero amigo.

Cuando ya en la ciudad, motivado por un deseo de volver a encontrarle —refirió a la señora Sonia— se asentó con propósito temporal en los apartamentos de la señora Esperanza. Trató de abrirse paso en instituciones públicas y privadas en los que se desarrollaban proyectos de construcción de obras urbanas. A pesar de mostrar profundo conocimiento en su ramo y de un elevado dominio en el cálculo matemático, su desconocimiento en las tecnologías modernas y por consiguiente del Diseño Asistido por Computadora, terminaron por cerrarle las puertas y acotar sus opciones de manera alarmante, argumentos que se complementaban al no contar con documentos a la mano que testificaran sus habilidades, y aun, cuando se comprometía a la recuperación de dicho legajo, no le favorecían en una mayor reconsideración.

Los días pasaron y la situación no mejoraba, aquella armonía que le acompañaba desde su estancia en el pueblo comenzaba a abandonarle. En ocasiones, pasaba el día encerrado en su habitación buscando en los diarios alguna oportunidad de trabajo, o leyendo a los grandes de la literatura en quienes seguramente, encontraría frases que lo motivarían para al día siguiente, emprender con mayor ánimo.

En una de esas ocasiones, no pudo evitar escuchar a la señora Esperanza cuando apostrofaba al joven Evaristo respecto de un informe que provenía del colegio, y por medio del cual, se le sentenciaba a que, si en un plazo desafiante no mejoraba su rendimiento escolar, y en específico, su habilidad matemática, sería expulsado sin consideraciones. Se le sancionaba en mayor hostigamiento que para permitirle su ingreso, tendría que asistir al día siguiente acompañado por su tutor o por algún representante que tomara nota de la sentencia, y que fungiera como testigo de lo que ya se echaba por suerte.

Su padre —continuaba Octavio con entusiasmo— el señor Pablo, en un aire por querer interceder por el adolescente, al caer la tarde, se acercó a la señora Esperanza. En un tono de confianza, motivado por las ocasiones en que se habían propiciado las sanas conversaciones, después de manifestarle haberse enterado inoportunamente del asunto, le sugería que, bajo su autorización, él podría acudir a lo del citatorio en la conveniencia de abogar por el muchacho desde una postura menos comprometida, y que de lo contrario, en un acto de desesperación y de arrebato, ella podría terminar por recriminarlo también, y perder de esa manera, una valiosa oportunidad para sacarlo de su indisciplina.

Bajo esas conveniencias, al día siguiente el joven Evaristo se encontraba junto al señor Pablo en la administración de aquel centro educativo.

El profesor, quien se hacía acompañar de la directora según los protocolos que convienen en el desahogo de tales asuntos, bajo la armadura que aquella escena le confería, y en la seguridad de una ventaja del ciento por uno sobre el muchacho, se dirigía al intimidado pupilo con exagerada autoridad, y en un intento que dejaba en claro la evasiva de una responsabilidad que también le correspondía, lo acusaba de flojo, de irresponsable, y de todas las faltas que fueran apropiadas acentuar para su desprestigio total. Y en su acaloramiento, se anticipaba a predecir el futuro del joven: vaticinaba que esa actitud despreocupada, lo transformaría en un hombre sin futuro, fracasado y sin mayores aspiraciones, convirtiéndolo finalmente en un delincuente.

Su señor padre —continuó Octavio a título personal— era un hombre que tenía la habilidad de llevar cualquier altercado a los terrenos que le fueran marcados. Había logrado domesticar su temperamento en el internado, el trabajo rudo lo había constituido en un hombre con mucha determinación. Aunado a la locuacidad que lo caracterizaba, y que le distinguía en la empresa en sus días mozos, no era fácil de intimidar, y no permitiría por ningún motivo que desdeñaran a su representado.

Con una mirada dura, como un recurso que dejaba ver su descontento, pero con una modulación en su voz que dejaba en claro su papel de mediador, manifestaba que su intención consistía en conciliar la situación y buscar alternativas que motivaran el ánimo del muchacho, pero que no podía permitir tan evidente escarnio sobre él. Que aquella actitud, no representaba más que una encrucijada para matar el espíritu del joven, y que, si se trataba de infligir responsabilidades, él podría repartirlas por igual, porque seguramente, lejos de que el profesor hiciera esfuerzos por motivar el espíritu del pupilo, recurría a procedimientos que terminaban por desalentar el poco interés que éste, aun con esfuerzos, podía mantener.

Sus palabras debieron haber tocado el orgullo del profesor y de paso, chispar al de la directora, quien un tanto indecisa, titubeó en su intervención, tiempo suficiente para que el profesor arremetiera de nuevo en un tono de mayor exacerbación.

Con el ánimo tocado, no podría permitir que se pusiera en duda su capacidad, y apeló a los títulos que había obtenido a base del esfuerzo personal y a la experiencia que los muchos años de impartir su cátedra le habían condecorado; por consiguiente, se sentía en el derecho de proceder con toda autoridad sobre la indisciplina del intimidado alumno, y con la soberbia sobrepasándole, se atribuía el derecho de que si le venía en ganas, podría encargarse de que lo echaran del colegio de una vez por todas.

El señor Pablo se puso de pie con serenidad, su semblante demostraba que lejos de querer hacer una tregua con el profesor, estaba en el menor interés de continuar por el rumbo que aquella discusión había adquirido. Y al identificar el lugar en donde sus palabras podrían tener mayor discernimiento, tomó al joven por el hombre y se dirigió a la directora, sin excluir por completo con la mirada al profesor, actitud que pudiera considerarse irrespetuosa y provocativa.

Verá usted —continuó el señor Pablo— el padre de este muchacho fue un valiente militar que murió en cumplimiento de sus funciones cuando Evaristo aún tenía cinco años. Estoy seguro de que por las venas de este joven circula sangre valiosa, y puede conquistar las metas que él se proponga, y lo puedo asegurar por el hecho de que su padre al morir, al poco tiempo desde su reclutamiento, ostentaba el cargo de Oficial Capitán Primero. Si el infortunio no le hubiera arrebatado la vida, habría escalado a cargos superiores, quizás de Mayor, teniente coronel, o sabrá Dios si hasta de General.

—Por tal motivo, —objetaba el señor Pablo— estoy convencido de que este joven no debe ser expulsado y despojado de su derecho, y en su lugar, ofrecerle una oportunidad. El someterlo a una presión mayor ocasionará en él, una rebeldía de la cual será imposible de rescatar. Desde luego, esta oportunidad no debe ser considerada como si de tirar pétalos al aire se tratase, y en su defecto, debe estar acompañada del soporte adecuado, que le permita arraigar y que para tal propósito: ¡Yo me comprometo a asistirlo para nivelarlo en los requerimientos académicos que se le exigen! —remataba el señor Pablo, con desafiante compromiso.

Algo debió haber pasado en el espíritu de aquel joven, porque desde aquel día, se había convertido en un estudiante destacado.

Nunca nadie lo había defendido con tanta determinación y, además, nadie había honrado la memoria de su padre, resaltando para su orgullo, la honorabilidad con la que siempre quiso recordar al más grande de sus héroes. No obstante, aquella distinción, también lo comprometía, pues ahora, no debía deshonrar el linaje afanoso del que provenía.

Al poco más de un año, el chico competía por un lugar en las olimpiadas matemáticas y al finalizar la educación secundaria, habría obtenido un título estatal en dicha disciplina, mismo que honraba a la institución, con un reconocimiento que nunca nadie había logrado.

Estas hazañas hacían eco en las mentes de aquellas mujeres, y cada cual, en su imaginación, formaba una idea heroica de aquel personaje: la una en un vínculo de padre y la otra, en su parentesco de abuelo. La imagen de aquel gran hombre, hacían surgir sentimientos de ternura, y al no estar presente para manifestárselos, propiciaban una mayor estima hacia el joven Octavio.

No fue la única ocasión en que Octavio prosiguió a minucioso detalle revelando las hazañas de su amigo Pablo y de cómo, al poco tiempo de aquel suceso, había obtenido un cargo en una institución educativa como jefe de mantenimiento, y en ocasiones, hasta de maestro suplente. Si las circunstancias no hubieran obrado en su contra, habría ostentado un cargo como profesor titular y quizás hasta de director, acto que le valía por la propuesta que en una ocasión presentó al representante de una institución educativa y que había surgido cuando sus facultades le permitían, impartir lecciones de matemáticas a los alumnos de diferentes niveles educativos para regularizarlos: educación básica, media superior y hasta superior.

Debido a esas actividades, pudo advertir de las deficiencias que van arrastrando consigo los alumnos entre un nivel y el siguiente.

Cuando se han matriculado para cursar cierta rama de las matemáticas —según las experiencias de su padre—, el profesor tiene que invertir medio ciclo escolar en regularizarlos en la materia de la que ésta deriva, para posteriormente y con un tiempo limitado, impartir la cátedra en la materia que corresponde al curso de interés.

En consecuencia, los alumnos que inician con el algebra,

arrastran consigo grandes deficiencias de aritmética, y los que inician en el estudio del cálculo, tienen que recurrir al algebra y a la aritmética para volver al intento con el cálculo. Y no se diga en niveles superiores, en los que se exige el conocimiento simultáneo de cálculo, algebra, geometría, teoría de grupos, los cuales son imprescindibles para iniciar el estudio riguroso de las ecuaciones diferenciales, derivaciones, integraciones, transformaciones y de otras ramas de las matemáticas que demandan un dominio algebraico considerable, para la formación de los alumnos de ingeniería y arquitectura, entre otras.

Con esas observaciones y el deseo incesante de su padre por escalar a un puesto para el que se había estado entrenando y para el cual se sentía con grandes capacidades, se dedicó con empeño en la elaboración de un documento en el que se puntualizaban las mejoras en ciertos temas de la aritmética y del algebra. El esfuerzo no había sido menor, pues le fue necesario revisar bibliografías enteras para obtener los extractos que consideraba de mayor relevancia. Después de abundarlos con ejemplos y ejercicios, tanto didácticos como prácticos, dedujo por simples cálculos el tiempo requerido para su impartición.

Con el documento terminado y con el afán de que al ser aprobado podría ganarse una oportunidad para postularse como profesor auxiliar, acudió con el director para presentarle su propuesta.

Su premisa partía señalando que: "si lo que se enseña resulta poco, lo que de ello se obtenga, aunque mucho, al final resultará siendo poco". Por el contrario: "si lo que se enseña resulta mucho, lo poco que de ello se aprenda, aunque poco, vendría resultando mucho". —Esto desde luego, sin sacrificar la calidad del contenido —defendía Octavio en conformidad y a cuenta propia.

Esa premisa, aunque ya conocida, le valdría para captar la atención del director.

Presto con la oportunidad, pudo exponerle a detalle y con cálculos aproximados que un curso de algebra resultaba imposible de impartir en tan solo seis meses, dado que en la práctica apenas se emplean cuatro. Y que era necesario ejercitar las habilidades matemáticas de los jóvenes por más tiempo, y dada su importancia al igual que la aritmética, no debieran abordarse con apresuramiento, porque al finalizar el curso, los alumnos carecían de un conocimiento sólido en la mayoría de los temas.

Mientras le exponía sus razonamientos, el director hojeaba el documento que le había entregado su señor padre, y hasta ese momento, presintió (según la percepción de Pablo) que podía haber hecho dos cosas: guardarlo en el último cajón de su escritorio, y acompañarlo hasta la salida.

En un sano intento y de mayor persuasión, logró convencerlo de que, si consideraba su propuesta y la presentaba a una autoridad superior, ésta podría otorgarle prestigio a su encargo y en poco tiempo, beneficios a la institución educativa en la que él, ejercía como director.

Al finalizar con su exploración, cerró el encuadernado, lo deslizó hacia el centro del escritorio y clavó sus ojos en los de Pablo.

Detrás de sus anteojos se topó con una mirada analítica, y dedujo que se daba perfectamente cuenta del afán de escalar y de abrirse paso, y a falta de alguna recomendación, había acudido a la iniciativa con pretencioso propósito. Pero de igual manera la propuesta había despertado su interés, y que, además, le llegaba en un buen momento de su carrera.

El director apenas pasaba de los cuarenta años, se dejaba crecer la barba y el bigote con la finalidad de aparentar mayor autoridad. Su espíritu joven lo mantenía siempre activo y en busca de mejoras para la institución, así que no perdería nada al intentarlo.

—Se ha ganado mi reconocimiento señor Pablo —exclamó con determinación— todas las propuestas son dignas de reconocer, porque dejan ver la iniciativa de las personas en su interés por mejorar las cosas. Pero, además, coincido con usted que nos ha ido mal en matemáticas. Necesito revisar su propuesta a fondo y convocar a una asamblea interna en la que estén presentes los profesores, y algunos invitados de otras instituciones educativas.

Su señor padre se dio por satisfecho, y al notar que el director se había tomado las cosas en serio, consideró que la propuesta debió haberle interesado. Al final del documento como un caso digno de considerarse, había integrado el episodio de Evaristo: el de cómo, gracias al esfuerzo y a sus métodos, había logrado destacar hasta el punto de obtener un elevado reconocimiento en matemáticas.

Al transcurso de tres semanas estaba de pie frente a una asamblea constituida por quince profesores, incluido el director.

El tema ya era del conocimiento de todos, al menos en sus puntos principales, y había coincidencias respecto a que algo era necesario realizar para mejorar el nivel en matemáticas de los alumnos. Así que algo era algo, y con semejante desdén adoptaron algunos la propuesta. Ahora resultaba necesario exponer la manera en cómo llevarla a cabo.

El director había dejado entrever que la propuesta le resultaba interesante y que además se pronunciaba a favor. Sin embargo, ésta demandaba un tiempo extra de los profesores y por consiguiente un incremento en la nómina del colegio. Por lo tanto, tendría que turnarse a las instancias superiores y de aprobarse, podría requerir de algunos meses para ponerse en marcha. No obstante, él asumía el compromiso de realizar la debida gestión.

Pablo estaba enterado y por análisis propio del excelente desempeño de algunos profesores, pero de igual forma del mal proceder de algunos otros, y de estos últimos no se esperaría mayor colaboración. Estaba dispuesto a defender su propuesta contra toda negativa, y evidenciar si fuera necesario, toda conducta inapropiada que atentara contra la correcta educación.

—Señores —inició ante la asamblea— la propuesta por sí misma no rendirá mayores frutos, esta debe estar acompañada por una gran motivación hacia los alumnos. Es preciso despertar la fe en los jóvenes, a que crean en sí mismos. Historias tan alentadoras como la de un Evaristo Galois, un Niels Henri Abel, y de otros muchos genios que aportaron grandes logros a las matemáticas, pueden ser referentes y expuesta a la curiosidad de los jóvenes. Es necesario recompensar el esfuerzo de los alumnos con reconocimientos, becas, y medir el progreso con olimpiadas matemáticas para alentarlos.

Sin embargo, para persuadir y motivar el espíritu de los estudiantes, debe primero pregonarse con el ejemplo. Y más allá del deber, ejercer nuestra profesión con empeño y fidelidad. Una primera propuesta reclama contribuir con una o dos horas por semana hasta cumplir con el programa y sus objetivos.

Y en una segunda, en la que resalta la responsabilidad que demanda un encargo tan distinguido como lo es la docencia, me es necesario recurrir a la historia para citar al gran filósofo moralista e historiador, Plutarco de Queronea:

«Según la historia, Julio Cesar se divorció de Pompeya Sila, al poco tiempo de ser ungido emperador porque ella asistió a una saturnalia que se permitía a damas romanas de la aristocracia en algunas oportunidades.

Anunciado el divorcio, las más conspicuas matronas del patriarcado romano pidieron a Julio Cesar la revocatoria de su divorcio ya que su esposa Pompeya, había asistido solo como espectadora, y no había cometido ningún acto deshonesto.

Por la importancia que tenía en la sociedad romana la mujer del césar, éste contesto:

La mujer del cesar no solamente debe ser honrada, sino además parecerlo".

Ahora, yo les digo que lo mismo que se exige de una autoridad eclesiástica, al igual que de una jurídica, en cuya representación se promueven por la primera, las buenas prácticas morales, y por la segunda, el encargo de señalarlas y juzgarlas. La educación tampoco debe quedar exenta de tales señalamientos. Por lo tanto, les exhorto a guardarse bien y evitar la exposición pública de la inclinación a la bebida y de otras conductas censurables.

Y dado que la embriaguez por nadie es considerada una virtud, si resulta imposible de evitarse, al menos ésta, no debe quedar expuesta a la observancia de los jóvenes a quienes se les exhorta, a través de la educación, a mantenerse lejos de las prácticas que atentan contra la nobleza de espíritu. En consecuencia, es preciso razonar que: «el profesor no solamente debe serlo, si no también, debe parecerlo».

En expresiones propias de su su señor padre —enfatizaba Octavio—, para su tranquilidad, se hubiera dado por satisfecho si al finalizar con su ponencia se hubiera generado la deliberación, con la que todos, en la discusión expusieran su desacuerdo o conformidad, o que al menos, desahogaran su ira lanzándole flechas de indignación por haberse aventurado a lo más privado de sus declinaciones. Pero en su mayoría, se dieron por satisfechos con un mal disimulado silencio.

Algunos de los ahí presentes, decididos a permanecer en el anonimato para no ser identificados, pero que por dentro se revolvían en secreto por la afrenta, y que no los recomendaban precisamente su desempeño ni sus capacidades, no estaban dispuestos a renunciar a sus juergas. Y las propuestas, cuales quiera que fueran y que exigían un poco de esfuerzo y compromiso, les venían en gana, por lo que harían lo necesario para disuadirlas y así ocurrió.

Aun siendo los pocos, como sucede en ocasiones, pero con una gran capacidad para organizarse y defender sus herrados intereses, terminaron por convencer a la mayoría y se lanzaron contra el director.

Al tercer día, al finalizar la semana, el director le llamó a su oficina para darle un comunicado. Y con la finalidad de atenuar el impacto que la noticia por su delicadeza suponía podría afectarle, comenzó por alimentar su ego.

—Estimado señor Pablo —lo confortaba el director—, he de reconocer su iniciativa y el noble interés que tiene en que las cosas mejoren significativamente en favor de la educación. Debo reconocer el arrojo para amonestar la incoherencia de quienes nos pronunciamos ser educadores y de quienes tenemos en nuestras manos la valiosa oportunidad de conducir a los jóvenes por una mejor senda. Yo mismo no podría haberlo hecho mejor, pero sepa usted que, aun en mi posición soy vulnerable. De cierta manera me es confiado mantener el orden y evitar cualquier manifestación hasta donde me sea posible.

Su mensaje, que bajo mi consideración fue muy enérgico, pero no menos oportuno, debió despertar la susceptibilidad de algunos.

A mi juicio es lo que menos importa, pero esas susceptibilidades corresponden a personas protegidas y arraigadas al sistema. En correspondencia, desempeñan un rol de informantes, de malos informantes, y que, además, tergiversan la información a su beneficio. A usted se le ha señalado como un opositor y una amenaza. Y sus buenas intenciones han sido desprestigiadas. El asunto ha subido de tono y se me ha hostigado a resolverlo de raíz.

Debo informarle con mucha pena que su renuncia es de carácter irrevocable. Desde el día de hoy usted deja de laborar para este colegio. Por el momento no puedo hacer nada por usted, solamente el de agradecerle y desearle mucha suerte.

—Aunque las cosas no resultaron favorables para el señor Pablo —sostenía Octavio con desconcierto—, seguramente habría recurrido a otros recursos para defender su propuesta, y si bien, el asunto lo había desalentado notablemente, la muerte del joven Evaristo, a quien le había tomado en gran estima, terminó por perturbarlo al grado de sumirlo en una depresión de la que le fue imposible reponerse.

Aunque no me es posible —rescataba Octavio— determinar cuánto tiempo había permanecido en tal pesadumbre, me es claro que las consecuencias habían sido devastadoras y seguramente lo habían conducido hacia su muerte. A pesar de que sus sentidos lo mantenían lúcido y su espíritu se había turbado notablemente, hacia esfuerzos por preservarse dentro de las enseñanzas de nuestro señor Jesucristo.

Capítulo II

Durante varios días se especuló sobre el origen de las joyas. No era fácil deshacerse de las dudas que surgían en torno al misterio de su escondite. El asunto hubiera quedado en el olvido si se tratase de monedas o de objetos de menor significancia, pero se trataba de un medallón de oro sobre el cual se incrustaba un rubí del tamaño aproximado como al de una nuez, y de un par de pendientes con rubíes de menor tamaño, pero de una belleza excepcional.

No era necesario ser un experto para formarse una valiosa estimación y bastase con sopesar los objetos, pues su apariencia en sí develaba que se trataban de reliquias de muchísimo valor. Las valoraciones de un experto terminarían posteriormente por confirmar esas suposiciones. Su excentricidad, sustentada por la denominada regla de las cuatro "C": Color, Claridad, Cut "Tallado", Carat "Quilate", y el de su color tan preciado "rojo Sangre de Pichón", según los términos de la Gemología, hacían de las joyas, preseas inestimables.

En el orden cronológico de los acontecimientos, se sabía que don Arturo había entregado a Pablo el pequeño cofre de madera, en cuyo interior había depositado algunos billetes de mediana denominación y una medalla de oro con la representación de una imagen religiosa. El obsequio correspondía al fruto que las acciones de Pablo promovieran en la generosidad del señor Vázquez.

En el ánimo de querer mostrarse obsequioso, éste, hubiera advertido a Pablo no solamente de la presencia de las joyas, y en el razonamiento de que no se trataba de caramelos, habría acudido al relato para estampar las historias de familias en las que resulta idóneo recordar, desde los padres de los abuelos, hasta los parientes más cercanos, recurso que es bien sabido, se emplea cuando se desea proveer de mayor relevancia a reliquias de tal naturaleza. Resultaba claro entonces, que la existencia de las joyas pasó inadvertida durante aquella transferencia.

La segunda hipótesis reforzaba a la primera, pues si Pablo hubiera advertido la existencia de las joyas, no habría hecho escala en una ciudad aún muy lejana en busca de un empleo que le procurase un ingreso mayor, y le permitiera la adquisición de algún bien material, la restitución de su autoestima y la confianza de acudir con los suyos en pleno convencimiento. Y en cambio, al valerse de su locuacidad para vender las joyas, se habría convertido en un verdadero Gentleman, y con gran arropamiento, se le hubiera facilitado dar cumplimiento a su anhelado propósito.

Aunque ambas hipótesis no aportaban elementos concluyentes, tampoco demostraban que se tratase de un descuido, hecho que se justificaba de manera convincente por la forma del pequeño baúl, en cuyo diseño, se ostentaba que el propósito residía en ocultar las preseas.

La geometría exterior del baúl era la de un prisma rectangular, con dimensiones aproximadas de: veinte de largo, doce de ancho, y una altura de trece centímetros. Su tapa, con un diseño abovedado, le confería una altura todavía mayor.

En su interior se había sobrepuesto una base de madera, la cual había sido cortada milimétricamente y colocada ejerciendo poca presión sobre ella. Una pequeña cuña de madera en el fondo de cada esquina de la base principal evitaba que las dos bases se juntaran, permitiendo un espacio entre ambas de poco más de dos centímetros. Y en su interior, se habían ocultado las joyas. El espacio sobrante fue rellenado por delgada viruta de la negra madera del Ébano. Seguramente entre una generación y la siguiente, se habían dejado en el olvido, y al paso del tiempo y con la creciente actividad que generaba la administración de las tierras, y las utilidades que estas generaban, se prescindió en lo absoluto, tanto de su importancia histórica como la de su valor económico.

De cualquier manera, las joyas habían llegado a los jóvenes como un patrocinio del destino, con lo cual, sería posible mitigar las necesidades económicas y permitirles concluir con sus estudios superiores.

Durante algunas semanas, el hallazgo se mantuvo en el completo anonimato, y al transcurrir algunos meses, tiempo durante el cual los jóvenes daban por finalizados sus estudios, se lograba la venta de las joyas. Con el desahogo de las metas y en el merecimiento del éxito que el esfuerzo les había procurado, y en la posesión de una cuantiosa suma de dinero, decidieron viajar a París.

El esfuerzo de sus madres no quedaría en el descuido, y tampoco la generosidad de la señora Esperanza y de Catalina, pues habían decidido, que también los acompañarían en el viaje.

El camarero llegó con el café. El humo de la bebida se perdía entre la bruma de la densa neblina que se deslizaba sobre la atmósfera, típicas de la entrada del invierno en la ciudad.

Durante largo tiempo, los jóvenes hablaron de cómo las circunstancias pueden cambiar el destino de las personas, y de que, debido a ellas, ambos se habían conocido. En un sentimiento altruista, al advertir de la indiferencia y el desamparo en el que viven muchos infantes y ancianos, no pasaron por alto la imprescindible labor de contribuir a la dignificación de esas vicisitudes, y no obstante de resultar una labor en extremo complicada, no debieran desatenderse y, por el contrario, buscarían apoyo en instancias públicas, privadas, y del altruismo de algunas personas. Bastaría con la determinación y la iniciativa —se alentaban—cualidades que a ninguno de los dos les eran desconocidas.

Esa coincidencia de ideas y sentimientos, fraguada con las dificultades que la vida les había impuesto, y que a pesar de las adversidades cada cual había alcanzado sus metas, ocasionaba en los jóvenes un apasionado romanticismo.

Cuando el camarero se aproximó para retirar las tazas de café (por indicaciones anticipadas de Octavio), entregó una rosa roja a Antonieta. En el tallo, amarrado con un delgado lazo dorado, pendía una réplica en miniatura de un baúl de madera.

Sobre la mesa, a un costado de la rosa, fue depositada una tarjeta. Adherida, una pequeña etiqueta de color rojo y en forma de corazón, impedía mirar su contenido sin antes desprenderla.

Con el corazón a punto de estallarle, la joven esperó a que el camarero se retirara.

Al presentir lo que significaba el detalle, con mano temblorosa tomó la tarjeta y desprendió el sello.

Un hermoso paisaje romántico ilustraba el fondo de la postal. Era una noche de luna llena. Por encima de unas montañas se elevaba la blanca Selene. Su brillo hacía un espejismo maravilloso sobre un extenso y tranquilo lago, sobre su superficie, se proyectaba la silueta de una pareja de enamorados que permanecían en la orilla de pie y abrazados mirando la quietud de la noche.

Comenzó a leer en silencio.

"De las estrellas, el sol y la luna, la joya más hermosa, eres tú mi dulce Antonieta". Con cariño. Octavio.

Antonieta tomó el diminuto baúl, al abrirlo, en su interior se encontraba una hermosa sortija con un brillante incrustado. Las lágrimas que atestiguaban la felicidad de la joven se deslizaban por sus mejillas.

Octavio se puso de pie, tomó la sortija con su mano derecha y se acercó a la joven. Ella se levantó del asiento y permanecía como si en su pecho mantuviera un ave enjaulada. El tiempo parecía detenerse y sus movimientos se le figuraban más lentos.

Entonces, le tomó su mano izquierda, y suavemente colocó el anillo en el dedo anular. "El cual, según la tradición, contiene la vena amoris, que conecta el dedo directamente con el corazón". Luego, llevó ambas manos de la joven a su pecho y la miró tiernamente.

Aunque sus palabras en complicidad con su cuerpo temblaban a su paso, no restaron en la intención de solicitarla en matrimonio. Un beso apasionado sellaba el compromiso.

Los comensales y los empleados de aquel establecimiento aplaudían emocionados. A pocos metros de distancia, las madres de los jóvenes, al igual que la señora Esperanza y Antonieta, quienes al volver de la Catedral de Notre Dame, atestiguaban la escena, y esperaban emocionadas hasta su desenlace. A corta distancia, la Torre Eiffel se proyectaba majestuosa.

Al poco tiempo, en un jovial romanticismo, los enamorados atravesaban la plaza tomados de las manos. La felicidad desbordaba de sus nobles corazones, y sus sonrisas eran testigos de la enorme dicha.

Al recordar las palabras de su amigo Pablo, Octavio señalaba a Antonieta, la orientación por donde se erige la mística ciudad del Cairo, y pensó en la fantástica oportunidad de visitarla. Un vuelo aproximado de nueve horas atravesando el mediterráneo, sería un viaje que iniciaría con otra fantástica aventura.

A pocos segundos, las siluetas se perdieron al finalizar La Place du Trocadero.

FIN

www.ingramcontent.com/pod-product-compliance
Lightning Source LLC
LaVergne TN
LVHW091047150826
845673LV00002B/488

9798845806192